Manon *Uphoff*

*Schlaf*kind

Manon *Uphoff*

*Schlaf*kind

Roman

Aus dem Niederländischen
von Thomas Hauth

Deutsche Verlags-Anstalt
Stuttgart München

Die Originalausgabe erschien 1997 unter dem Titel »Gemis« bei Uitgeverij Podium, Amsterdam

Zitat S. 7 aus Lewis Carroll: »Alice im Wunderland«, zitiert nach der Ausgabe Leipzig 1985, S. 59, in der Übersetzung von Liselotte Remané.

Die Übersetzung wurde von der Foundation for the Production and Translation of Dutch Literature gefördert.

Die Deutsche Bibliothek – CIP-Einheitsaufnahme

Ein Titeldatensatz für diese Publikation ist bei Der Deutschen Bibliothek erhältlich

Satz: Bembo und Optima (QuarkXpress) im Verlag
Druck und Bindearbeit: Clausen & Bosse, Leck
Diese Ausgabe wurde auf chlor- und säurefrei gebleichtem, alterungsbeständigem Papier gedruckt.
Printed in Germany
ISBN 3-421-05212-3

Für Zdenko und Iris

»Würdest du mir bitte sagen, welchen Weg ich einschlagen muß?«

»Das hängt in beträchtlichem Maße davon ab, wohin du gehen willst«, antwortete die Katze.

»Oh, das ist mir ziemlich gleichgültig«, sagte Alice.

»Dann ist es auch einerlei, welchen Weg du einschlägst«, meinte die Katze.

Lewis Carroll, *Alice im Wunderland*

I

Stadt

Wir waren noch zu sechst. Wir hatten zwölf Augen, sechs Münder und sechzig Finger, um Dinge heranzuziehen oder wegzuschieben. Wer aus einer großen Familie kommt, kennt die Eile beim Füllen der Teller, das Sich-Ineinander-Verschlingen der Körper und den Kampf um das Wort.

Im Winter verließen wir die Stadt. Meine Mutter zeigte auf das turmhohe Hotel, das unsere Straße mit seinem Schatten bedeckte, auf das neue riesige Einkaufszentrum, und sagte, unsere Straße sei eine Ader, die verkalke. Ich saß mit meinen Brüdern am Fenster. Wir beobachteten Vater, der auf dem Balkon stand und unsere alten Möbel mit einem Hammer zertrümmerte, so daß ihm Holzspäne und Polsterfüllungen um die Ohren flogen. Das Haus, das wir nur gemietet hatten, mußte in den ursprünglichen Zustand zurückversetzt werden, und so brachte er die eigenhändig angefertigten Bleiglasfenster mit den Motiven hinaus und stellte sie vorsichtig nebeneinander. Das Licht brach sich in den Scheiben und warf kleine Farbflecke auf den Schnee. Ich öffnete die Tür und betrat den Balkon. Mein Vater versuchte, den Schmutz und Staub mit den Fingernägeln von den Fensterscheiben zu kratzen. Schließlich brachte er einen

Kessel Wasser zum Kochen und goß ihn über die Scheiben. Dampf stieg wie eine Wolke über dem Glas auf.

Frühmorgens fuhren wir los; über der Stadt und unserer Straße lag noch blaugrauer Nebel.

Unser neues Haus hatte zwei Toiletten: eine oben im Badezimmer, eine unten in der Diele. Dennoch war, wenn meine Mutter aufstand und vor Husten keuchend an die Badezimmertür klopfte, von getrennter Benutzung keine Rede. Nach der Meinung meiner Mutter – einer Tochter von Krieg und Armut – gehörte die Privatsphäre ins Reich der Phantasie, und Türen waren nicht zum Schließen, sondern zum Öffnen gedacht. Also versuchten wir, nicht hinzuhören, wenn ihre Zigarettenstummel zischend im Waschbecken verloschen. Nicht hinzuschauen, wenn sie in die Klosettschüssel spuckte. Nicht hinzuschauen, wenn sie pinkelte.

»Nach dem Bombenangriff habe ich zwölf Stunden lang unter den Trümmern gelegen, mit einem Granitbrocken auf der Brust und einem Granatsplitter in der Wade. Soll nur keiner kommen und versuchen, mich jetzt noch einzuschließen.«

Das Stück Feld, das unser Garten werden sollte, war von einer Eisschicht bedeckt, meinem Vater zufolge war es aber nur eine Frage der richtigen Einstellung und der Geduld, um das alles in ein paar Monaten erblühen zu lassen.

Doch die schlaffen Zwiebeln, die er nach dem Tauen in der Erde vergrub, verfaulten, das Gras wollte nicht wachsen, und aus den Blumensamen schoß regelmäßig anderes in die Höhe, als man aufgrund der mit orangefarbenen und knallroten Blumen bedruckten Beutel erwarten konnte. Wenn wir auch nur einen Fuß vor die Tür setzten, flogen Staub und seltsame Fädchen auf. Am Rand wuchs hoher, Juckreiz verursachender Bärenklau. Der mittlere Teil des Gartens blieb öde und leer.

»Tja, neuer Boden.« Der Mitarbeiter der Gärtnerei warf einen Kennerblick auf die gelben Wurzelballen und Klumpen. »Der muß erst eine Weile ruhen.«

»Meine Frau will einen Garten«, sagte mein Vater. »Keinen Friedhof.«

Der Mann zog seinen Spaten durch den Boden wie ein Soldat seine Gabel durch einen Teller mit Bohnen. »Sie sind offensichtlich nicht aus der Gegend«, sagte er gereizt. »Dieser Boden braucht seine Zeit.«

»Meine Frau will an der frischen Luft sitzen«, sagte mein Vater.

»Betonieren«, sagte der Mann, einen Krümel Erde zwischen den Fingern zerreibend. »Oder überall Gras.«

Ich sehe meinen Vater vor mir, wie er im Garten kniet, die funkelnden Gartenwerkzeuge neben sich auf dem Boden, den Blick verzweifelt auf das Fenster gerichtet und die Hände hilflos emporgehoben.

Die Mustersiedlung, in die wir als erste eingezogen waren, lag zwischen den Dörfern R. und S. Die Dorfbewohner haßten uns.

Morgens fanden wir vor Rechtschreibfehlern strotzende Pamphlete auf unseren Herzlich-Willkommen-

Fußmatten, und in den Wochen bis zum Ende des Schuljahres, in denen ich noch zusammen mit meinem Vater im Überlandbus Richtung Stadt fuhr, las ich auf Schildern in den Weiden: »Weg mit N! Selbständigkeit für R. und S.! Keine Neubausiedlungen, sondern Verstärkungen der Schleuse und der Deiche!«

Der Busfahrer, der uns täglich zum Bahnhof brachte, hatte die hängenden Wangen eines Jagdhundes, und in den Falten im Genick setzte sich der Schweiß in schwarzen Rändern ab. Die Strecke führte vorbei an großen silbernen Shell-Fässern, die auf der Wiese neben einem Busdepot standen, an Feldern und Weiden und an kleinen, vereinzelt in der Gegend herumstehenden Häusern. Den Worten des Busfahrers war zu entnehmen, daß die Bewohner der beiden Dörfer, die einander immer gemieden hatten wie die Pest, jetzt gemeinsame Sache machten, um sich gegen uns abscheuliche Städter, die neuerdings herzogen, zur Wehr zu setzen.

»Sie nennen es die reinste Kolonisierung.«

Ich konnte hier keine Wurzeln schlagen. Wochenlang musterte ich die Landschaft in der Hoffnung, etwas zu entdecken, das meinem Auge wohltäte. Doch hier gab es – mit Ausnahme der Schilder – kaum etwas anderes als sumpfige Rasenflächen und Wasserbänder, verschwommen und rudimentär wie der Gesso-Untergrund auf der Malerleinwand meines Vaters.

Ich hatte noch eine Freundin in der Stadt. Lori war zweieinhalb Jahre älter und zwanzig Zentimeter größer als ich und nach Meinung meiner Mutter zu dämlich, um aus den Augen zu gucken. Da nach zehn Uhr abends keine Busse oder Bahnen mehr zwischen unserer Neubausiedlung und der Stadt verkehrten, knüpfte ich die Freundschaftsbande sogar noch etwas enger und übernachtete an den Wochenenden bei ihr. Ich trug die gleichen Kleider wie sie, lachte über die gleichen Sachen wie sie und rief jedesmal, wenn sie behauptete, etwas ganz cool zu finden, möglichst begeistert: »Was für ein Zufall, das finde ich auch ganz cool.«

Sie hatte einen kleinen Buckel. Im Alter von fünf Jahren war sie angefahren worden, als sie mit ihrer Mutter vom Zahnarzt zurückkam. Der Wagen hatte das Fahrrad am Hinterrad erwischt, wo sie in einem Kindersitz auf dem Gepäckträger festgeklemmt saß. Ihrer Mutter fielen zwei gerade erst mit frischen Füllungen versehene Zähne direkt auf den Asphalt, und Lori schoß mit ihrem Sitz quer über die Straße, wie eine Papierkugel aus einem Blasrohr. Im Krankenhaus befreite man sie mit einer Metallsäge aus dem Sitz und packte sie in Gips. Jemand setzte sich zu ihr ans Bett, ein Blatt Papier und einen dicken Stift in der Hand, und erklärte ihr mit Hilfe einer Zeichnung das Problem. Sie müsse den Gipsanzug so lange tragen, bis ihre kleinen Knochen »wie die Adern in einem Blatt« wieder zusammengewachsen seien. Dann müsse sie noch ein halbes Jahr lang ruhig liegenbleiben und anschließend weitere zwei Jahre ein Korsett tragen. Als es endlich abgenommen wurde, war ihr Schulterblatt total verwachsen.

Später habe ich ein Babyfoto von ihr gesehen, auf dem der Buckel schon zu erkennen ist.

Wir streiften durch die Stadt oder hingen in Diskotheken rum, in denen wir mit einem Strohhalm Pisang Ambon tranken, tanzten, hin- und herflanierten und noch einen Pisang Ambon tranken. Wenn wir gegen Morgen angetrunken und erschöpft die Treppe zu ihrem Zimmer hinaufstiegen, stand ihr Vater vor uns und beschnüffelte sie wie ein Hund.

Loris Vater verkaufte Küchen. Billige Resopalspülschränke, die er als »Ihre Traumküche« zu bezeichnen pflegte. Er schleifte die potentiellen Kunden kreuz und quer durch den Laden, öffnete Schubläden, strich, die sich abzulösen drohten, für die Dauer des Verkaufsgespräches glatt, holte Verträge hervor und berechnete geduldig genaue Maße und Preise (das meiste ging auf Raten weg). Oben im Wohnzimmer, das an allen Ecken und Enden mit dunkelbraunen Schränkchen auf gebogenen Beinen vollgestopft war, verschwand das Verkäuferlächeln jedoch so schnell aus seinem Gesicht wie Lebertran von einem Löffel, und er rief mit derselben Selbstverständlichkeit: »Geh mir aus den Augen, du Buckel!«, wie: »Auf, auf, in die Stadt!«, wobei er ihr, ohne sie anzusehen, eine Handvoll zerknüllter Zehnguldenscheine in die Hand drückte.

In Loris Zimmer angekommen, schoben wir den Riegel vor und zogen uns aus. Auf Loris Bett lag ein riesiger Haufen Blusen, Pullover und Jacken, der im Dunkeln wie ein Klumpen aus Lappen und Schnüren wirkte. Jeden Samstag begleitete ich sie auf ihrer Suche nach dem Cape oder dem purpurnen Königsmantel, der am meisten verdeckte. Wir zogen von einem Laden zum anderen, und ich wartete endlos auf cremefarbenen Hokkern, bis sie aus der Ankleidekabine kam. Trotzdem habe ich in all der Zeit den Buckel nur ein einziges Mal in vollem Licht gesehen. Wir spazierten frühmorgens, so gegen vier, am Ringgraben entlang zu ihr nach Hause, es war ganz still, noch nicht einmal Radfahrer waren zu sehen. Sie ging durch ein Tor in ihrer Straße und trat vor mir auf den Rasen. Unter der Laterne, gegen deren Scheiben Nachtfalter flatterten, fragte sie mich, ob es wirklich so schlimm sei mit dem Buckel.

»Ganz ehrlich, Mara«, sagte sie, während sie ihre rotweiße Bluse mit dem Palmenmotiv aufknöpfte und den Träger ihres Büstenhalters herunterzog. »Ganz ehrlich: Wie schlimm ist es?«

Ich log ihr vor, daß es nicht so schlimm sei. Aber ich war froh, daß sie mir die Frage nicht schon früher gestellt hatte, denn das rechte Schulterblatt stand nach außen weg wie eine Klippe, wie der höckrige Kamm eines Berges, und über die Verdickung lief ein roter Streifen, die Operationsnarbe. Ein Gesicht, das einen mit einem falschen Grinsen ansah.

Eines Nachts landete meine Hand unabsichtlich auf ihrem Schulterblatt. Es fühlte sich an wie ein Stein unter einer dünnen Sandschicht, und meine Hand erschrak. Lori drehte sich nicht weg, und ich begann sie zu reiben und zu tätscheln, verlor aber schon nach wenigen Minuten den Mut, weil ich nicht wußte, was ich sonst noch machen sollte, um sie mit ihrem eigenen Buckel vertraut zu machen. Zur Abwechslung streichelte ich ihr über den ganzen Rücken, weit ausholend, als schmierte ich mir ein Butterbrot. Loris trockene, schwarze Haare lagen aufgefächert auf dem Kissen. Sie rochen nach Asche und nach Pisang Ambon. Sie drückte ihren Rücken gegen meine Handfläche, wie eine Katze, die buckelt. Egal, wie lange ich hin- und herrieb, jedesmal, wenn sich ihr Buckel in meine Handfläche kuschelte, zuckte meine Hand ein Stück nach oben, so daß sie den Rücken noch krummer machen mußte, und schließlich schob ich sie vorsichtig von mir weg.

Ich lag wach und sah von meinen Zehen, die ziemlich schmutzig unter ihrer Bettdecke hervorlugten, zu ihrem Kleiderschrank, der einen Spaltbreit offenstand. Kurz danach hörte ich ihren Vater die Treppe heraufkommen und die Geräusche von jemandem, der Wasser läßt und anschließend die Klosettbrille zuklappt, das Summen von Motoren und schließlich Loris unregelmäßigen Atem auf dem Kissen. War ich froh, daß Lori schlief! War ich froh, daß ich Zeit zum Nachdenken hatte! Es gab genug zum Nachdenken. Das einzige, was mir Angst einflößte, war, daß ich vielleicht mehr Gedanken hatte, als in die Zeit paßten.

Wir blieben bis halb zwölf im Bett liegen. Ihre Mutter klopfte leise an die Tür, um uns zu sagen, daß Loris Vater im Laden sei, wir könnten also in Ruhe frühstücken.

Eines Samstagabends gingen wir, sechzehn und dreizehn, mit zwei Ausländern mit. Es war irgendwie ganz selbstverständlich. Wir hatten stundenlang getanzt, und sie hatten die ganze Zeit zu uns herübergesehen. Wir gestatteten den beiden, uns in die Jacken zu helfen, und sahen zu, wie sie ihrer Vermieterin Geld in die Hand drückten. Wir gingen auf bloßen Füßen, die Schuhe in der Hand, und lachten über ihre Namen: Huan und Feng. Lori und ich verabredeten, anschließend zu ihr zu gehen, in ihrem Zimmer unter die dünnen Laken zu kriechen und zu reden. Wir kicherten ein wenig über diese Verabredung: »Um halb sechs an der Brücke.«

Das Büro meines Vaters – nach fünf war er Kunstmaler und tagsüber Statistiker (»Merk dir gut: Mit Kunst verdienst du keine müde Mark«) – lag am Zoutmarkt. Auf der Arbeitsfläche seines Metallschreibtisches stand ein Porträt meiner Mutter, das zu der Zeit entstanden war, als noch Glyzerin auf die Linse geschmiert wurde und mein Vater sie mit Glyzerin auf den Augen ansah. Ihre Haare hatte sie eingerollt und mit einer silbernen Haarnadel festgesteckt, so daß ihr Gesicht länger und eleganter wirkte und sie nicht so aussah wie zu Hause, sondern als wäre sie weit von uns entfernt, wodurch sie würdevoller wirkte.

Ich hatte mich dem Gebäude von der Rückseite her genähert. Im ersten Morgenlicht kam es mir seltsam vertraut vor, wie das Haus unserer Nachbarn, bei denen wir vor ein paar Tagen zu Besuch waren. Im Wohnzimmer, das genauso aussah wie unseres, nur spiegelverkehrt, hatten wir beim Gehen die Tür nicht finden können.

Ich stand vor seinem Schreibtisch, der im größten Büro stand, von wo aus man durch die ständig geöffnete Tür das Kommen und Gehen in den anderen Zimmern im Auge hatte.

»Vater, ich muß Ihnen etwas erzählen«, sagte ich. Manche Leute fanden es seltsam, daß ich meine Eltern nicht duzte, doch bei uns zu Hause siezten wir ihn alle, sogar Theo, der zehn Jahre älter war als ich. Und ich habe auch nie gemerkt, daß Vater etwas anderes wollte. Außerdem kann man einem Mann, der seinen eigenen Vater noch mit »Herr Direktor« ansprechen mußte, nicht mit »Du« kommen.

Außer meiner Mutter, die »Pjoter« sagte oder »Mann« oder »ihr«, womit sie uns alle zusammenfaßte, wie eine mathematische Menge. »Ihr macht mich noch verrückt«, oder: »Ich habe unbeschreibliche Alpträume, ihr habt ja keine Ahnung.« Meine Mutter träumte oft, daß sie in der Küche stand und eine Ananas aus dem Kühlschrank nahm. Immer wenn sie diese schälen wollte, stieß sie auf einen Bolzen.

Ich erzählte meinem Vater, daß ich mit einem Mann geschlafen hatte. Ich verschwieg ihm, daß das Zimmer ärmlich eingerichtet gewesen war und daß bei unserer Ankunft unten aus einem Seitenfenster schmutziggraue Dampfschwaden aufgestiegen waren, als hätte jemand in einem Eimer mit kochenden Fischköpfen gerührt.

»Liebst du ihn?« fragte mein Vater.

»Ja«, sagte ich.

Mein Vater schwieg und sah an mir vorbei nach draußen, obwohl ich genau wußte, daß er von der Stadt nicht viel mehr sehen konnte als geometrische Formen, die Umrisse von Vierecken, Rechtecken und Würfeln, da die Fensterscheiben seines Zimmers mit einer dicken Schicht aus grauem Staub bedeckt waren. Er wühlte in seinen Papieren herum, und die Wörter, die ich so feierlich ausgesprochen hatte, rollten mir wie harte Erbsen zurück vor die Füße.

»Ja«, sagte er. »Ja. Dann ist das wohl eher etwas für deine Mutter, denke ich.«

Er griff zum Telefon und rief sie an, aber ich hörte nicht hin. Ich dachte an die Bettücher, die Huan mir gegen Morgen um die Schultern gelegt hatte, die gekräuselten Haare unten an seinem Bauch, die ich zusammengedrückt hatte, und wie witzig es sich anfühlte, als sie unter meiner Handfläche wieder hochfederten. Zwischen den Haaren hatte es leicht salzig gerochen, und ich hatte sein Glied in den Mund genommen, wo es weich an der weichen Stelle meines Gaumens lag, so daß ich nicht wußte, was durch was weich war, bis es hart wurde und meine Mundhöhle ausfüllte.

»Deine Mutter.« Mein Vater reichte mir den Hörer. Meine Mutter war einer Ohnmacht nahe.

»Du kommst sofort nach Hause, Mara«, rief sie. »Ganze dreizehn, Himmel noch mal!«

»Nein!« Ich war beinahe vierzehn und fühlte mich seltsam stark und sicher.

»Auf der Stelle!«

»Nein.«

Es liegt Macht und Schönheit in diesem »Nein«. Es ist wie ein Strich, ein schwarzer Strich quer über ein weißes Blatt Papier, ohne eine Spur der Weichheit, der pastellfarbigen Fadheit, die sich um ein »Ja« oder ein »Vielleicht« legen kann.

Die flehende Mutter. Die bettelnde Mutter. Die drohende Mutter.

Ich legte auf und wartete. Mein Vater führte immer wieder die gleichen Handgriffe aus, die wohl unaufschiebbar und dringend erforderlich wirken sollten, wie das Hin- und Herschieben von Papierstapeln, das Öffnen und Zuklappen von Ordnern und das Einsortieren von Visitenkarten in seinen ledernen Erfolgsterminkalender. Aus dem Tag konnte Nacht werden und aus der Nacht wieder Tag, Wochen und Monate konnten verstreichen, und mein Vater würde noch immer wie vom Donner gerührt hinter seinem Schreibtisch stehen; also küßte ich ihn auf die Stirn und ließ mich von dem kleinen, grauen Aufzug hinunterfahren.

Lori sagte, sie würde nie und nimmer zu ihrem Vater gehen und ihm so etwas erzählen. »Echt, er würde sich so aufregen, daß er mir glatt die Beine brechen könnte.«

An diesem Abend zogen Lori und ich durch die Stadt. In einer Snackbar hingen ein paar Jungs mit ihrem ganzen Gewicht am Hebel eines Spielautomaten, und als wir um die Ecke bogen, hörten wir das Scheppern einer großen Menge fallender Münzen und lautes Grölen. Feng und Huan standen bereits wartend vor der Haustür. Wir wollten zu viert in das neue, teure Hotel, das – mit Ausnahme des Kirchturms – das höchste Gebäude der Stadt war. Vor vier Jahren, als die beiden in die Stadt gekommen waren, hatte dort, an dieser Stelle, ein anderes, viel niedrigeres Gebäude gestanden. In der Bar im obersten Stockwerk wollten wir etwas trinken.

Die Glastüren glitten lautlos zur Seite, als unsere Füße den kupferfarbenen Streifen auf dem Teppich vor dem Gebäude berührten. Auf Säulen standen Vasen mit Schnittblumen, eine Frau zog, die Halle mit Summen und Dröhnen erfüllend, einen riesigen Staubsauger hinter sich her, als wäre er ein widerspenstiger Labrador, und hinter der Rezeption stand eine Empfangsdame zwischen zwei Schalen mit darin treibenden Nelken. Huan ging zu ihr hinüber. Bei jedem Schritt legte sich sein altmodisches, makellos weißes Oberhemd in Falten. Die Empfangsdame, die ihn nicht verstand, beugte sich dreimal nach vorne, bevor sie aufstand, wobei die Spitzen ihres schwarzen Seidenschals wie Salvador Dalís Schnurrbart in die Höhe standen. Mit einem herablassenden Gesichtsausdruck zeigte sie auf eine Tür.

»Achtzehnter Stock«, sagte er und drückte auf den Knopf, mit derselben Hand, die letzte Nacht stundenlang zwischen meinen Beinen gelegen und einen roten, brennenden Abdruck auf meinem Schenkel hinterlassen hatte. Wir betraten einen Raum mit dunklen Sitzecken und einer Bar, an der Männer, die Dutzende von Jahren älter waren als Lori und ich, in aller Ruhe ihre Getränke schlürften. Sie trugen Maßanzüge und weiche Lederschuhe. Auf dem karmesinroten Teppich standen ihre Koffer mit blitzenden Schlössern. Als wir uns in eine Nische setzen wollten, sagte Huan, ein Stück weiter sei ein Tisch frei, von dem aus man eine bessere Aussicht habe. Lori ging kichernd vor mir, und die Männer sahen uns nach, weil wir jung waren und unsere Begleiter Chinesen, aber das machte mir nichts aus. Die Aussicht war wirklich besser. Man konnte die Stadt sehen, die Lichter, den dunklen Himmel, den Spielzeugverkehr, der unter uns über die Spielzeugstraßen mit den weißen Strichen flitzte, die Busse mit der gelblichen Beleuchtung. Huan zeigte uns über die Dächer hinweg die Straße, in der wir in den letzten Nächten geschlafen hatten, und fragte mich, wo ich denn gewohnt hätte. Ich zeigte ihm die Stelle zwischen den Geschäften, wo unser altes Haus lag, und er log, das sei aber ein schöner Stadtteil.

Inzwischen hatte die Bedienung rote Ledermäppchen mit eingestanzten Goldbuchstaben vor uns auf den Tisch gelegt und war, den Notizblock im Anschlag, wartend stehengeblieben. Huan öffnete die Karte und musterte ausgiebig, sehr ausgiebig die Beschreibungen der exotischen Cocktails: Tequila Sunrise, Arizona Dream, Sunset Prawn. Ich sah, wie seine Pupillen sich verengten und auf der rechten Seite der Karte, dort, wo die Zahlen lange, fette Reihen bildeten, rauf- und runterliefen. »Ich kann ja gleich noch mal kommen«, sagte die Bedienung und verschwand ebenso schnell und lautlos, wie sie gekommen war. Huan fragte uns, was wir trinken wollten.

»Mineralwasser«, sagte Feng, nachdem auch er die Karte lange gemustert hatte.

»Für mich auch.« Ich hoffte inständig, daß Lori das gleiche nehmen würde, doch sie entschied sich für den Sunset Prawn, einen der teuersten Cocktails auf der Karte. Anschließend herrschte Stille (im Hintergrund brachen sich Wellen an einer imaginären Küste und wurden, gerade noch rechtzeitig vor den Klavierklängen, zurückgeworfen). Huans Finger glitten über die

Karte. Lange, schlanke Finger mit prachtvollen, ovalen Nägeln, an denen ich sanft geknabbert hatte. Sie schmeckten andeutungsweise nach Zwiebeln und Öl, doch er schämte sich dieses Aromas. Wieder lief sein Blick rauf und runter. Eine andere Bedienung, größer und dünner, schlich sich auf schwarzen, flachen Schuhen an unseren Tisch heran.

»Möchten Sie etwas bestellen?«

»Three Mineralwasser«, sagte er zögernd, »and... one Sunset Prawn.«

»Und ein paar dieser Nüsse«, sagte Lori.

(Nüsse? *Nüsse, scharf gewürzt oder gemischt: hfl. 8,50*)

»Scharf gewürzt, gemischt oder Cashew?« zählte die Bedienung routiniert auf. Sie hatte grobe Poren an der Nase und große rote Flecken auf den Wangen, aber man konnte nicht erkennen, ob es sich um Rouge handelte oder um ihre eigene Farbe. Ich hatte noch nie jemanden mit derart dünnen Beinen gesehen. Sie sahen aus wie die Beine eines Löffelreihers.

»Cashew«, sagte Lori.

(Nüsse, Cashew: hfl. 11,00)

Huan legte eine Hand vorsichtig auf den Tisch, als wollte er nach ihrem Handgelenk greifen, und sagte, mit einigem Nachdruck: »Perhaps... perhaps some other time?«

Lori sah ihn aus eulengroßen Augen an. Ihr Eyeliner fleckte leicht und war viel zu dunkel, ihre Kinnlade fiel herunter wie der Deckel eines Mülleimers.

»I *am* sorry.«

Die Bedienung nahm die autoritäre Haltung ein, die

man meiner Mutter zufolge häufig bei Menschen beobachten kann, die einen bedienen müssen und merken, daß man ohne Geld oder Macht gekommen ist.

Ohne ihre Verachtung zu verbergen, ließ sie ihren Block zurück in die Tasche gleiten. »Also... drei Mineralwasser, ein Sunset Prawn... und die Nüsse vielleicht ein anderes Mal.«

Ich hoffte, daß sie auf dem glatten Boden ausrutschen und sich beide Beine wie dürre Zweige brechen würde.

»Ja... please.«

»I *am* sorry«, sagte er noch einmal, zu Lori gewandt.

»Macht doch nichts«, sagte sie plump. »Dann esse ich eben nachher zu Hause noch was.«

Du Buckel, dachte ich. In der Fensterscheibe konnte ich mein eigenes Gesicht sehen, ein wenig dunkler und ziemlich aufgeblasen über der von Loris Mutter geliehenen Bluse mit dem Tigermuster und den schwarzen, gewölbten Knöpfen. Ich mußte an Huans glatte, unbehaarte Brust denken, auf die ich meinen Kopf gelegt hatte, an seine Hand in meinem Nacken, an den abblätternden Anstrich des Dachgesimses vom Haus gegenüber und an die schmutziggrauen Dampfschwaden, die vor dem Dachfenster gehangen hatten. Kann man »Talent« haben für einen Körper? Daß man genau weiß, wie man ihn festhalten, ihn an sich drücken, ihn einlassen muß? Babys können gleich nach der Geburt atmen, man braucht es ihnen nicht zu zeigen oder zu erklären. Ist es möglicherweise mit der Liebe genauso?

Ich trank das kalte Wasser, meine Fingerspitzen am Glas flachgedrückt und leicht vergrößert.

Ich spürte, wie mir die Kohlensäure in den Magen glitt, und dachte daran, daß er in mir gewesen war und nun draußen war, und daran, wie eigenartig es war, daß er mir gegenüber saß, sein Gesicht im Profil so ausgeleuchtet, daß ich den Flaum auf seiner Nase und seiner Wange sehen konnte. Dieses Gesicht vergißt du nie mehr, versprach ich mir. Nie und nimmer.

»I'll not stay«, sagte Huan.

»Ja, komm, wir gehen«, sagte Lori und gähnte.

In der Nacht entschuldigte sich Huan noch einmal und küßte mich aufs Ohr. »I am really very, very sorry. It was my intention to stay.«

Ich sagte, daß es mir nichts ausmachte. Wir waren immerhin dagewesen und hatten was getrunken.

Er sagte nichts, wurde weich in mir und schlief ein.

Ich konnte nicht schlafen. Schlaf raubt. Ich drückte mich mit dem Rücken nach hinten, hielt meine Füße an seine und fühlte, wie er in mir anschwoll.

Warum sinkt das eine auf den Boden der Erinnerung, während das andere, beispielsweise das Gesicht seiner Vermieterin, nach oben kommt, um an der Oberfläche zu treiben wie Fettaugen auf der Suppe? Sie öffnete die Tür und blieb in der halbdunklen Diele stehen. Ich wartete, die Tasche mit Slip, Zahnbürste und T-Shirt in der Hand. Sie sah aus wie eine Scholle mit Kleid und hatte lange, schwere Lider, wie bei Leuten, deren Gesicht aus Langeweile nach unten gesackt ist. Ihr rechter Fuß war bandagiert.

»Willst du zu dem Chinesen? Der ist weg. Guck dich nur um, da oben, guck dich nur um. Alles ist weg.«

Obwohl ich nicht glaubte, daß sie log, wollten meine Augen Sicherheit. Zusammen gingen wir die Treppe hinauf, und ich hörte, wie sie ihren bandagierten Fuß geräuschvoll auf jeder Stufe aufsetzte. »Wasser«, sagte sie und zeigte auf ihr Bein. »Fängt im Frühjahr an und verschwindet erst wieder gegen Ende des Sommers. Und es kommt jedes Jahr wieder, darauf kannst du Gift nehmen.« An der Schwelle tauchte sie mit einemmal wie ein Hase an mir vorbei und öffnete mit einer eleganten Drehung die Tür. Das Zimmer war leer. Das eiserne Bett stand hochgeklappt an der Wand, und ein Staubschleier schwebte über dem Boden. Da, wo das Bett gestanden und das Sonnenlicht die Dielen offensichtlich nie erreicht hatte, war das Holz noch so dunkel, daß es den Anschein hatte, es hätte auf eine Länge von zwei Metern und eine Breite von neunzig Zentimetern gerade erst eine neue Lackschicht erhalten.

»Arbeitserlaubnis, 'nen Job und alles«, sagte die Frau. Sie kaute auf der Unterlippe und sah sich im Zimmer um, als wollte sie es in Gedanken mit neuen Betten möblieren. »Drei Jahre und nie irgendwelche Probleme.«

»Glaub mir«, sagte sie auf dem Weg nach unten, »da habe ich schon andere Sachen mitgemacht. Wenn du wüßtest, was ich mit einigen Mietern schon für Ärger gehabt hab!«

Huan hatte es erst am letzten Morgen gesagt: »Ich fahre zurück nach Hongkong.« Ich hatte genickt und war mit dem Zeigefinger über sein Schlüsselbein gefahren, bis zu der Stelle, an der sich Knochen und Sehne im Hals verknoten. Natürlich würde er zurückfahren. Das überraschte mich nicht, jetzt, da ich die Geschichte mit der Küche gehört hatte. Was mich überraschte und betäubte, war die Geschwindigkeit, mit der der Zug der Gegenwart auf den der Zukunft prallte.

Ich erhielt Karten. Glänzende, auffällige Abbildungen von Hongkong. Sie kamen alle vier Wochen, und wenn ich sie aufklappte, stand links auf der Innenseite sein Name und seine Adresse. In den Nächten vor dem Eintreffen der nächsten Karte schreckte ich regelmäßig aus dem Schlaf hoch, weil ich dachte, jemand hätte über meine Zehen gepustet.

Lori machte Schluß mit Feng. Sie sagte, daß sie ihn in der Nähe der Bar gesehen habe, aber absichtlich nicht zu ihm hingegangen sei, weil die Nächte eigentlich eine Katastrophe gewesen seien. Er habe immer wieder versucht, ihr die Bluse ganz und gar aufzuknöpfen, und er sei so merkwürdig blaß gewesen. Und dann die komischen dicken Lippen auf ihrem Ohr und die dicken weißen Fingerspitzen.

Unser Viertel wurde vergrößert. Die neuen Straßen, die Stachelbeere, Wasserkuh und Silberhorn hießen, waren so einförmig, daß es den Anschein hatte, als hätte uns jemand in ein Spiegelkabinett eingeschlossen. Die Gemeindeverwaltung sprach vom »grünen Licht von seiten des Staates« und von einer »enormen Zunahme der Baumaßnahmen«, und wirklich tauchten überall Bauarbeiter auf, die, tief in wattierten Jacken versinkend, Plätze anlegten und neue Wohnblöcke in die Höhe zogen, Unterführungen, die nirgendwo anders hinführten als in sumpfige Weiden voller Disteln, Bärenklau und Löwenzahn. Auf den Stadtteilplänen stand neben dem schwarzen Kreuz immer derselbe Text: »Sie befinden sich hier.«

Bei den Ramm- und Ausschachtungsarbeiten waren alle Käfer aus dem Boden gerüttelt worden. Irritiert marschierten sie über die grauen Pflastersteine und durch die umgepflügten Gärten. Ihre Chitinpanzer zerplatzten unter meinen Füßen, so daß ich bei meiner Rückkehr johannisbeerfarbene Striche über das neue Linoleum zog. Meine Mutter rief, daß sie so lange keinen Schritt vor die Tür mache, bis der Rasen erneuert worden sei.

Mein jüngerer Bruder Nicolaj und ich besuchten eine ganz in der Nähe gelegene Gesamtschule, die aus niedrigen, dunklen Baracken, »provisorischen Behelfsbauten«, bestand. Man hatte uns versprochen, daß sie in absehbarer Zeit abgebrochen würden, um einem architektonischen Wunder aus Licht, Glas und freiem Raum Platz zu machen. Doch ein Jahr später hatte sie sich noch keinen Millimeter bewegt. Mein Bruder Eddie war, wie mein Vater, ein Pendler und fuhr jeden Tag in die Behindertenwerkstatt, ein niedriges, häßliches Gebäude in einem grauen Industriegebiet, das sich wie eine Halbinsel an die Stadt schmiegte. Mit Dutzenden anderen geistig Zurückgebliebenen stellte er Murmelbolzen,

Schrauben und Kugellager her. Er fräste, schliff und bohrte, daß es eine wahre Lust war, wie jemand in Lokis Schmiede. Nach getaner Arbeit kam er schmutzig nach Hause, den Schleifstaub noch im Gesicht. Er war stolz auf seine Tätigkeit und erzählte uns langatmig Geschichten über Kugellager und »Flugmuttern«. Manchmal schob er seinen dunklen Kopf mit dem Glühende-Kohlen-Blick tastend nach vorne. »Mara, Nicolaj, ratet doch mal, wieviel Murmelbolzen ich heute geschafft habe?«

Wir schätzten absichtlich zu wenig.

Mein Vater verließ gegen acht das Haus. Er trug ein Sakko, eine dazu passende Hose und kehrte gegen fünf, die Krawatte gelöst und das Sakko über dem Arm, erleichtert zurück, um sich anschließend aus einem Statistiker in einen bildenden Künstler zu verwandeln. Am Tag unseres Einzugs hatte er seine Staffelei aus Eschenholz in die Ecke des gläsernen Zimmers gestellt, um den Garten »im Auge behalten« zu können.

Er malte meine Mutter. Auf dem Beistelltisch neben der Staffelei lagen Schwarzweißfotos, die mindestens zwanzig Jahre alt waren: meine Mutter im Unterhemd vor dem Toilettentisch, ihr dunkles Haar nach innen gelockt, lächelnd, ohne die Zähne zu zeigen. Ausgestreckt auf einer Tagesdecke mit welken Blumen, ein schwarzes Kleid bis zu den Schenkeln hochgezogen. Rauchend am Tisch, zwischen den vorgestülpten Lippen eine Caballero ohne Filter.

Warum, weiß ich nicht, doch er malte in die Vergangenheit zurück.

An den Wochenenden blätterte er zum Ärger meiner Mutter im Katalog der 1001 Nackten und schlug die Seite auf, auf der Zeus, verkleidet als Schwan, den Schnabel zwischen Ledas Schenkel steckt und Olympia es sich auf ihrem Diwan bequem macht. »Ein Künstler muß sich auch trauen zu kopieren«, pflegte er zu sagen. In unserem alten Haus hatte er sich entschlossen quer durch die Kunstgeschichte gemalt und die Gesichter von Susanna im Bade und der Odaliske durch das meiner Mutter ersetzt. Sie saß im Morgenmantel auf der Couch, blätterte im Neckermannkatalog und kreuzte alles, was sie haben wollte, mit einem roten Bleistift an. »Nicht lachen, Tonette«, sagte mein Vater. »Nichts ist so schlimm wie ein Mund voller Zähne auf einer Leinwand.«

Als kleines Mädchen hatte ich in den dicken Kunstbänden oft vergeblich nach ihr gesucht.

Aus der Truhe, in der mein Vater die Malutensilien aufbewahrte, klaute ich einige Fläschchen Opal Medium. Anfangs drehte ich auf der Toilette hastig den Schraubverschluß auf. Nachdem meine Mutter eines Tages jedoch an die Tür gehämmert und sich unmäßig aufgeregt hatte, weil ich nicht aufmachte, und anschließend mit einem Meißel auf die Tür losgegangen war, »lieh« ich sie mir nur noch, um leere Parfümfläschchen damit aufzufüllen. Die versteckte ich unter meinem Kissen und öffnete sie erst abends. Ich hatte früher schon geschnüffelt. Jahrelang habe ich über der Öltonne im Farbengeschäft neben unserem alten Haus gehangen. Später steckte ich die Nase in die Fläschchen mit dem

Aceton, mit dem meine Mutter den roten Lack von ihren Fingernägeln entfernte, und als sie mir das verbot (»Davon kannst du abhängig werden«), stibitzte ich ihre verbrauchten Wattebäusche aus dem Abfalleimer. Warum, weiß ich nicht. Angeblich ist nur Geruch stark genug, um einen durch Zeit und Raum zu führen und an jedes beliebige Ziel seiner Wünsche zu bringen.

Kein Geruch gleicht einem anderen. Das Aroma von Cold Pressed Linseed Oil beispielsweise gleitet einem sanft in die Nase und erinnert an Wolle und Fette, während Griffin Picture Varnish kühl und frisch ist wie Menthol.

Einmal bin ich mitten in der Nacht aus dem Schlaf aufgeschreckt. Meine Stirn war eiskalt und feucht, meine Schläfen klopften, und Tränen strömten mir über die Wangen. Ich rieb mir das Gesicht trocken und drehte das nasse Kissen um. Ein Parfümfläschchen war ausgelaufen, und das schwere Öl war in den Bezug und die Füllung eingedrungen.

Die geleerten Fläschchen meines Vaters füllte ich mit einer Mixtur aus Öl und Terpentin, die ich schüttelte, bis sie nicht mehr trüb war. Obwohl er sich regelmäßig darüber beschwerte, daß seine Farbe entweder zu dünn oder zu dick sei, merkte er nie etwas, oder vielleicht merkte er doch etwas, hielt es aber für besser, nichts zu sagen.

Seit dem Tag, an dem ich ihn im Büro besucht hatte, schien der Raum, den ich vorher eingenommen hatte, ausgeräumt und geschrubbt worden zu sein. Mein Vater besuchte mich nicht mehr in meinem Zimmer und nannte mich auch nicht mehr »Fleisch von seinem Fleisch«, erzählte mir keine Geschichten mehr über die Liebe, über Mutter und über seinen Wunsch, ein Künstler zu sein.

Auf der Straße fuhr er achtlos mit dem Rad an mir vorbei, die unbehandelte Malerleinwand in einer beigefarbenen Pappröhre auf dem Gepäckträger. Wenn ich ihm einen Gute-Nacht-Kuß gab, gefror seine Haut unter meinen Lippen, also glitt ich mit meiner Wange auf eine Weise an seiner entlang, daß darin sowohl Herzlichkeit als auch Distanz lagen.

Meine Eltern, die sich inzwischen an meine Übernachtungen in der Stadt gewöhnt hatten, fragten mich nicht mehr, wo ich hinging. »Das hat nicht lange gehalten«, folgerte meine Mutter, als sie die Karten zwischen der Post sah. »Ich weiß nicht, was du sonst noch so anstellst, und ich will es auch gar nicht wissen.«

Lori sagte, daß sie auch mal woanders hinwollte. Also gingen wir ins Trojanische Pferd. Das Tanzlokal lag im Stadtzentrum, unten an der Werft. Wenn jemand die Tür öffnete und den Kopf durch die schweren Vorhänge steckte, schlug ein dunkelbraunes Rad unheilverkündend an die Wand. Links von der halbmondförmigen Bar hing eine Dartscheibe an der Wand. Schräg daneben stand ein eiserner Harnisch, der mit Sand gefüllt war, so daß man seine Zigaretten darin ausdrücken konnte.

An wieviel Abenden standen Lori und ich in schläfriger, friedlicher Erwartung im Trojanischen Pferd am

Tresen und starrten das Bündel farbiger Pfeile an, das weit unterhalb des Mittelpunktes in der Filzscheibe steckte? Wir waren so oft da, daß der Barkeeper, ein kräftiger Mann mit Falsettstimme, uns auf eine für Außenstehende nicht zu erkennende Weise zu begrüßen begann (entweder nickte er uns kurz zu, oder er hob schnell die linke Hand, während er mit der rechten den Schaum von einem Bier strich, oder aber in seinen Augen flackerte etwas auf zum Zeichen, daß er uns erkannt hatte).

Eines Abends füllte der Barkeeper mein leeres Glas nach und deutete mit der Fingerspitze einen Strich auf meinem Bierdeckel an.

»Von dem da drüben«, sagte er. »Paß auf, Puppe, das zieht rein wie 'ne Bombe.« Ich trank das Glas, das bis zum Rand mit einer orangefarbenen, fluoreszierenden Flüssigkeit gefüllt war, in einem Zug aus. Und wirklich, in meinem Innern ereignete sich so etwas wie eine Explosion. Bevor ich erkennen konnte, wer mir das Gebräu spendiert hatte, rannte ich schon auf die Toilette. Sie hatte den Ruf, die versiffteste der ganzen Stadt zu sein, voll und ganz verdient, und ich kotzte schwungvoll ins Klo. Über dem Waschbecken starrte mich ein eigenartiges Geschöpf aus hohlen, von Lidschatten umringten Augen eindringlich an.

»Sehen *wir* schrecklich aus«, sagte ich. Mir war schwindlig, und ich fiel nach vorne in den Spiegel, der, anscheinend als Vorsichtsmaßnahme, mit Metallhalterungen in der Wand verankert war. (Da saß ich nun, zusammen mit anderen Gestalten, die ebenfalls durch die Scheibe hineingetaumelt waren. »Ja«, riefen sie benebelt, »wir sitzen alle im selben Boot. Laßt uns noch einen heben.« Sie stießen miteinander an, bis ihre Gläser zerbrachen. »Ich leide«, sagte ich, »aber ich hab keine Ahnung, wieso.« »Hör mal, Kleines«, sagten die Besoffenen, »wir alle leiden.«) Als ich wieder zu mir gekommen und aus dem Spiegel herausgeklettert war (wie lange hatte ich auf den Bodenfliesen gesessen?), wusch ich mir das Gesicht mit kaltem Wasser, spülte den Mund aus und kniff mir fest in die Wangen, um eine gesunde rote Farbe hervorzuzaubern. Wieder an der Theke, schob ich mich, noch immer erhitzt und apathisch, an dem Zaun aus Armen und Beinen vorbei.

»Suchst du das Mädchen mit dem Buckel?« fragte der Barkeeper. »Die ist mal eben mit 'nem Typ raus. Sie hat dich auf der Toilette gesucht.«

»Mir war ein wenig schlecht«, sagte ich. »Von wem war der Drink?«

Er zeigte im Dunkeln auf einen Mann, dessen Gesicht ich nicht aus den anderen Gesichtern, den Wänden, dem Rauch und dem Scheinwerferlicht herauslösen konnte.

»Vielleicht brauchst du ein bißchen Bewegung«, empfahl mir der Barkeeper.

Ich stand auf der kleinen, grauen Tanzfläche, als ich plötzlich eine Stimme hörte: »Ich kenne dich. Du kommst immer mit dem Mädchen hierher, dem Mädchen mit dem Höcker auf dem Rücken. Die Braut mit den langen schwarzen Haaren.« Als ich freundlich nickte, trat der Mann näher an mich heran.

»Ich mach dir 'nen Vorschlag«, sagte er. »Klingt vielleicht ziemlich verrückt, aber wir leben nur einmal. Ich beobachte dich schon 'ne ganze Weile. Komm nachher mit zu mir.« Ich sagte nichts und tanzte weiter. Ich war schon mal in einem Zimmer in der Stadt gewesen.

»Hör zu«, sagte der Mann. »Ich kann arrogante Typen wie dich nicht ausstehen. Du trägst die Nase ganz schön hoch.Von deiner Sorte gibt's Hunderte.« Ich fand es unangenehm, daß er neben mir stehenblieb und in meinen Nacken atmete. Meine Haare sträubten sich wie bei einer Katze.

Er sah so aus, wie ich mir einen jungen Schachspieler vorstellte. Er hatte eine tiefe Denkerfalte auf der Stirn und schmale, sehr rote Lippen. Ich hatte den Eindruck, daß er über meine Schulter hinweg dem Barkeeper zulächelte, denn der nahm ein Geschirrtuch, um ein Glas abzutrocknen. Dann hielt er es hoch, als wollte er ihm zeigen, daß dies das Glas sei, das er ihm gleich vollgießen würde.

»Wenn ich tanze, brauch ich schon ein bißchen Platz.« Ich fuhr die Ellbogen aus und sorgte dafür, daß ich ihm mit dem Fuß über den Schuh fuhr. Es war ziemlich dunkel, und der DJ schaltete auf einmal auf langsame Musik um, so daß alle um mich herum anfingen, Blues zu tanzen, und es auf der Tanzfläche noch wärmer wurde. Der Kerl legte einen Arm um mich.

»Ich setz mich, glaub ich, wieder hin«, sagte ich, während ich mich loszumachen versuchte.

»Du setzt dich nirgendwo hin«, sagte der Mann. »Du legst dich höchstens irgendwo hin. Ich habe ein Messer, und wenn du nicht mitkommst, mach ich dich kalt, Biene.«

»Tu das«, rief ich. »Probier's ruhig. Tu dir keinen Zwang an.« Menschen, die ohne vorherige Ankündigung in aller Öffentlichkeit plötzlich umkippen oder blutend um Hilfe rufen, rufen meistens eher Verärgerung hervor als Verständnis, also verzog ich mein Gesicht bei dem Versuch, einerseits so auszusehen, als könnte ich Hilfe brauchen, und andererseits, als hätte ich die Situation im Griff. Ein älterer Mann, den ich schon häufiger hier gesehen hatte – der Barkeeper nannte ihn Papa Anatoli –, sah kurz her. Er trug immer eine gestreifte Seidenkrawatte und warf Abend für Abend konzentriert seine Pfeile auf die Scheibe, die Metallspitzen prallten jedoch regelmäßig an dem Holz ab, und die Pfeile fielen auf den Boden. Ich warf ihm ein dünnes Lächeln zu, doch er hatte sich schon wieder abgewandt.

»Erst tanzen wir ein bißchen«, sagte der Mann, »und dann gehen wir gemütlich zu mir nach Hause.«

Ich muß ihm wohl einen Stoß mit dem Knie verpaßt haben, denn er schoß mit einemmal wie ein Leuchtrakete in die Höhe und klappte aschfahl zusammen. Nachdem er wieder zu sich gekommen war, wollte er sich an der Theke entlang in meine Richtung drängen, wobei er die ganze Zeit über rief, daß er mich kaltmachen würde. Die anderen Gäste, die, träge vor Hitze und Alkohol, die Ellbogen auf die Holztheke gelegt hatten, hielten ihn gutmütig zurück. »Komm schon«, meinte jemand beschwichtigend. »Es ist Samstag abend. Wir wollen doch nicht allen die Stimmung verderben.«

Angst ist mir nicht in Erinnerung geblieben, lediglich amüsiertes Interesse.

Ein paar Männer brachten ihn schließlich hinaus. Der mit Dichtungsstreifen beklebte Vorhang spaltete sich über ihren Rücken. Als sie zurückkamen, hörte der Barkeeper kurz mit dem Gläserspülen auf. Danach gingen die Männer wieder auf ihren Platz zurück und vergaßen mich.

Es war kalt und windig, und ich stand unschlüssig am Ausgang. Es war nicht sehr wahrscheinlich, daß der Mann mit dem Messer in dieser Kälte darauf gewartet hatte, daß ich endlich herauskam, aber Lori war ohne mich nach Hause gegangen, und ich würde mich niemals trauen, um diese Zeit bei ihr zu klingeln und zu riskieren, daß ihr Vater die Tür öffnete. Also nickte ich dankbar, als mir der Dartsspieler, der sich gerade seine Jacke vom Garderobenständer angelte, anbot, mich mitzunehmen.

Auf dem Weg zu seinem Wagen, den er in einer Seitenstraße der Gracht geparkt hatte, beschrieb ich ihm den Weg zu unserem Stadtteil. Er nickte, nahm einen Schaber aus der Jackentasche und kratzte das Eis von der Frontscheibe.

Als wir an der Fähre vorbeikamen, die wegen des Schneefalls vorübergehend nicht in Betrieb war und schaukelnd am Ufer lag, sagte er: »Du bist noch zu jung, um einsam zu sein. Du hast noch die Wärme in dir.«

Nach einer Weile – es war unvermeidlich, wie so vieles unvermeidlich ist – legte er mir eine Hand auf die Schulter. Ich schüttelte sie ab, und sie landete (war das Zufall?) wie eine herabtrudelnde Feder auf meinem Knie. Ich war müde. Es war nicht auszuschließen, daß er versuchen würde, mich zu entführen und auf direktem Weg in sein Arbeiterhäuschen zu bringen. Dort würde er mich hinter den kleinen Fenstern mästen. Wochenlang bekäme ich nur Butter und Weißbrot. Niemand würde mich vermissen. Auf der Suche nach mir würden sie achtlos an seinem Lebkuchenhaus vorbeifahren, da ihn alle als einen lieben, alten Mann kannten, der sich immer voller Interesse erkundigte, wie es einem denn so ging. Ich würde einen Zweig durch die Gitterstäbe stecken müssen oder einfach meine eigenen fetten, geschwollenen Finger und sehen, was dann passiert.

»Ja«, sagte der Mann. »Ihr jungen Mädchen habt schon richtige Kurven und alles, aber vom Leben habt ihr keine Ahnung. Überhaupt keine!« Seine Stimme nahm eine schrille Färbung an.

Ich hatte keine Ahnung vom Leben, aber es war offensichtlich, daß er gleich davon erzählen würde, was er so alles erlebt und durchgemacht hatte. Wie man immer den Kürzeren zieht, auch wenn man seinen Verstand gebraucht, über die Fähigkeit zur Analyse verfügt und sich noch so ins Zeug legt. Ich wollte ihm sagen, daß er recht hatte.

»Ich stehe auf Ihrer Seite«, wollte ich sagen. »Lassen

Sie die Hand ruhig liegen, das macht mir echt nichts aus.«

»Ich habe das Gefühl, daß ich es dir offen sagen kann«, sagte er. »Es herrscht ein großer Mangel an warmen Frauen.«

Vielleicht legst du den Kopf an meine Schulter, dachte ich, vielleicht werde ich dich da eine Weile ausruhen lassen, weil du müde bist.

»Was für ein feiner Stoff«, sagte er, die Pelzverbrämung meines Mantels zwischen den Fingern. »So ein junges Ding wie du, und dann ganz allein unterwegs.«

Er sah aus wie ein alter Vogel, dem die Federn ausfallen. Es gab viele solcher Männlein. Die Stadt quoll über davon. Jeden Winter schüttelte Frau Holle ihre Kissen, und dann fielen sie aus den Bezügen und rieselten herab, und sobald sie den Boden berührten, zogen sie ihre Jacken gerade, schlugen den Kragen hoch und machten sich auf die Suche nach jungen Menschen und leeren Ohren. Ich mußte an die Worte denken, die meine Brüder und ich früher regelmäßig von meinem Vater zu hören bekommen hatten: »Ihr Kinder steckt voller Lust. Aber weil ihr es nicht wißt, seid ihr unschuldig.«

»Nun denn«, sagte der Mann schließlich, als wir über die Brücke fuhren. »Jetzt hast du es nicht mehr weit. Hier laß ich dich raus.« An seinem Rückspiegel baumelte eine flauschige Ente.

»Danke«, sagte ich erschöpft. »Vielen Dank, daß Sie mich mitgenommen haben.«

Ich öffnete die Tür und trat auf Schnee, der unter meinen Füßen knirschte. Dicke Flocken fielen aus einem stahlgrauen Himmel. Das Metall der Brücke war dunkel, und ich ging vorsichtig die Treppe hinunter. Jetzt nur noch quer über das Feld, vorbei an den hölzernen Baubaracken, und ich war ganz in der Nähe meiner Straße. Anatolis Wagen war schon nicht mehr zu sehen. Die verrostete Tafel an der Bushaltestelle auf der anderen Straßenseite hatte den Zettel mit den Abfahrtszeiten verloren. Den Worten meiner Eltern zufolge war dies der strengste Winter seit meiner Geburt. Damals hätten sich einige Leute, fassungslos, weil sie nichts gespürt hatten, im Krankenhaus ihre schwarzen Zehen amputieren lassen müssen, anderen seien die Augen zugefroren, obwohl sie doch in die Wintersonne geschaut hätten.

Ich beschloß, die Stadt in Ruhe zu lassen.

II

Rudel

Ich stand in dem Ruf, eine gute Zuhörerin zu sein. Das Ohr erkennt die Schwingungen aus der Vergangenheit. Die Wörter und Texte, die im Schneckenhaus ein Eigenleben entwickeln. Solange ich zurückdenken kann, war ich immer ganz Ohr. Erst für meinen Vater, später auch für meine Mutter und noch später für meine Brüder. In unserem alten Haus kam mein Vater spätabends zu mir ins Zimmer, wenn es still geworden war und nur meine Mutter sich ab und zu noch räusperte oder, überrascht über das leere Bett neben sich, seinen Namen rief. Er setzte sich im Bademantel auf die Bettkante und erzählte von seiner Jugend, von seiner Leidenschaft für die Kunst, vor allem aber von meiner Mutter. Er sprach von ihr in rot umrandeten Worten: »Ach, der Myrrheberg und der Weihrauchhügel. Bis der Abendwind weht und die Schatten entschwinden.« Ich verstand nicht viel von dem, was er sagte, und mir fielen regelmäßig die Augen zu. Doch selbst im Schlaf reihten sich die Worte aneinander und verschafften sich auf Zehenspitzen Eingang.

Er erzählte, daß er einst der höchste Baum auf einem Feld gewesen und eines Tages die Liebe wie ein Blitz in ihn eingeschlagen sei, als er meine Mutter auf dem Rad an seinem Haus habe vorbeifahren sehen.

Eines glühendheißen Augusttages stand er, der Leiter des Inkassobüros »Struick & Haavenmeester – Schnelle Eintreibung Ihrer Außenstände«, am Fenster und wartete. Er wartete, weil er wußte, daß sie auf ihrem Rad vorbeikommen würde, da sie das jeden Tag um die Mittagszeit tat. Später fragte er sie einmal, was sie damals denn jeden Tag auf dem Rad gemacht habe, wohin sie gefahren sei. »Nirgendwohin«, hatte sie ihm geantwortet. Ihre schwarzen Haare flatterten im Wind, und ihre glänzend braunen Beine rotierten auf den Pedalen.

Eine Stunde später kam sein damaliger Schwiegervater und Chef ins Zimmer gestürmt. »Pjoter«, rief er, »auf der Stelle in die Zadelstraat. Es geht um einen Betrag von viertausend Gulden.« 1949 ein Vermögen.

Als sie, Tonette, die Tür öffnete, war er so weiß geworden wie Mehl. Er hatte nicht gedacht, daß sie irgendwo wohnte. Er hatte nicht gedacht, daß sie irgendwo lebte. Die Visitenkarte fiel ihm aus der Hand, und als er sich bückte, um sie aufzuheben, sah er zum erstenmal die Narbe an ihrem Bein, die ihm inzwischen so vertraut geworden ist, die man aber trotzdem nie berühren darf, weil sie glaubt, daß man dann »an den Knochen« käme. Aber damals wußte er noch nicht, daß es eine Narbe war. Er dachte, daß sich ihr Strumpf verdreht hätte, obwohl ihm das komisch vorkam: Strümpfe im August. Er wußte noch genau, was sie angehabt hatte: einen schwarzen Rock bis zu den Knien. Weiche, runde Knie. Sie trug einen dünnen, ärmellosen weißen Kittel, die Arme nackt. Weiche, nackte Arme. Er fragte sie, ob der Name auf dem Zahlungsbefehl der ihres Ehemannes sei und ob sie wisse, daß dieser hochverschuldet sei. Sie sagte: »Zeigen Sie erst mal Ihre Karte.« Er sagte, daß er gern ihren Mann sprechen wolle, und sie gab zurück, daß auch sie ihn gerne gesprochen hätte, daß er aber nicht da sei. »Wenn Sie meinen Mann suchen«, sagte sie, »der sitzt in der Acaciastraat bei seinen Flittchen und nimmt ein Bad. Wenn sie ihm doch bloß die Haut vom Rücken schrubben würden.« Dann sagte sie, daß auch kein Geld da sei, und bot ihm eine Tasse Kaffee an.

Kurz darauf hörte er ein lautes Klirren und Poltern. Wütend kam sie ins Zimmer zurück und rief, daß weder Kaffee noch Tee im Haus seien. Sie könne ihm höchstens ein Glas Wasser bringen. »Wasser ist ausgezeichnet«, sagte er und trank mehr als sieben Gläser. Sie erzählte, daß sie kurz nach dem Krieg geheiratet hätten, daß Hugo der einzige gewesen sei, der sie nach dem Bombenangriff im Krankenhaus besucht habe. Sie erzählte noch viel mehr, aber das hatte er, schwindlig vom Hinschauen, vergessen. Als er nach dem achten Glas aus der Toilette kam, waren die Vorhänge zugezogen, und sie steckte Kerzen in leere Flaschen.

Er sagte, daß meine Mutter seine große Liebe sei und den Kern seiner Existenz darstelle. »Erst deine Mutter... dann nichts. Dann wieder nichts. Und erst dann kommt ihr.«

Schließlich schreckte ich wegen eines bleischweren, auf mir lastenden Gewichts hoch und sah, daß mein Vater mit dem Kopf auf meinem Bauch eingeschlafen war. Man soll nicht glauben, wie schwer ein Menschenkopf ist. Schwer wie der Planet Pluto. Meine Beine prickelten heftig, und ich fragte mich, was passieren würde, wenn er nicht mehr wach werden würde. Müßte ich dann bis in alle Ewigkeit diesen Kopf mit mir herumschleppen und darauf achten, ihn nicht fallen zu lassen? Denn dann würde er ganz bestimmt auf den Boden schlagen und durch die Straßen rollen.

Als er wach wurde, erkannte er mich nicht gleich.

»Ach du lieber Gott«, sagte er verlegen, »bin ich wirklich so eingeschlafen?«

Mein Bruder Theo war gedrungen und stämmig, hatte weiche, rosige Wangen und, wie mein Vater früher, dünnes blondes Haar, das bereits schütter wurde. Er sagte, das komme daher, daß sowohl seine »echte« Mutter als auch meine seine weichen Locken jahrelang in ihre jeweilige Lieblingsform gezwungen hätten, ohne deren natürlichen Schwung zu seinem Recht kommen zu lassen. Seine Mutter Erda hatte den Scheitel immer auf der linken Seite gezogen, meine wollte ihn kerzengerade in der Mitte. Zermürbt von diesem Gefecht, hatten die Haare angefangen auszufallen.

Er war als Baby an meine Eltern »abgetreten« worden, doch durch den Altersunterschied und die Art, in der er über zwei Häuser verteilt war, kam er mir – verankert in einer Zeit, die über meinen Horizont hinausging und die ich nur vom Erzählen kannte – eher vor wie ein Onkel als wie ein Bruder. Vor drei Jahren hatte er sich auf Drängen meines Vaters zur Armee verpflichtet und absolvierte nun einen bezahlten Informatiklehrgang nach dem anderen.

»Mein Junge«, hatte mein Vater zu ihm gesagt, »der Informatik gehört die Zukunft.« In diesem Punkt stimmten sie rührend überein: daß das Informationszeitalter vor der Tür stand. Innerhalb der nächsten fünf Jahre könne man alle gewünschten Informationen mit dem Computer abrufen. Es sei nicht ausgeschlossen, daß in Zukunft noch viel mehr mit dem Computer erledigt werden könne und daß man dann keinen Fuß mehr vor die Tür zu setzen brauche. Diese Vorstellung sprach sie unheimlich an, ihre Wangen glühten, und sie fuchtelten heftig mit den Händen herum.

Es gibt ein Märchen von einem vertauschten Kind, und jedesmal, wenn ich an meinen Bruder denke, fällt mir dieses Märchen ein. Theo, das vertauschte Kind. Bis zu seinem vierzehnten Lebensjahr verbrachte er die Wochenenden zu Hause bei seiner Mutter. Nicolaj und mir fiel das jedoch kaum auf. Ein Kind findet alles, was sich wiederholt, vertrauenerweckend, und »normal« ist nichts anderes als das Etikett für das, was sich regelmäßig vor den eigenen Augen abspielt. Wir hatten kaum einen Blick für Eddie übrig, der sich mit Theo ein Zimmer teilte und nach dessen Abschied jedesmal wütend mit Spielzeugautos um sich warf, und es überraschte uns ebensowenig, daß er an den Sonntagnachmittagen schon um fünf Uhr am Fenster stand und, die Nase gegen die Scheibe gepreßt, auf Theo wartete. Solange ich zurückdenken kann, war das zwischen den beiden so gewesen: Theo ging weg, und Eddie wartete auf ihn. Um den Verlust ertragen zu können, schlief Eddie während Theos Abwesenheit auf dessen Ebene des Etagenbettes. Nach einiger Zeit durfte meine Mutter das Bett nicht mehr frisch beziehen. Später, als seine »Verliebtheit« in

Theo in andere Bahnen gelenkt werden mußte, stellten Theos Füße den ersten Blitzableiter dar. Eddie redete manchmal stundenlang über Theos rosa Zehen. Noch später verlagerte sich der Schwerpunkt seiner Leidenschaft auf Theos Schuhe, die er sammelte und regelmäßig aus dem Schrank nahm. Theo wußte sich keinen Rat mit diesem Interesse für seine Füße. Er wollte um jeden Preis ein Zimmer für sich allein und trug zu Hause ausschließlich schwere, massive Armeestiefel mit kupferumrandeten Ösen und zweifach verknoteten Schnürsenkeln, um seine Füße vor Eddies sehnsüchtigen, durchdringenden Blicken zu schützen.

Ich beneidete Theo um die Leichtigkeit, mit der er sich von uns entfernte. Und zurückkam. Und wieder wegging. Ohne das Bedürfnis zu verspüren, sich prüfend im Spiegel zu betrachten, ob er sich in der Zwischenzeit verändert hatte.

Als Kind hatte ich morgens oft Angst vor dem Aufstehen. Ich hielt es für nicht logisch, daß die Nacht die Menschen unverändert läßt. Werden wir nicht von zahllosen Träumen, Geräuschen und Düften erfüllt? In einem Traum, der mich bestimmt ein ganzes Jahr verfolgte, lag ich im Bett und wachte auf. Ich stand auf, wusch mich und sagte zu mir: »Heute mal wieder das rote Kleid.« Beim Anziehen jagte mir ein grunzendes Geräusch, als atmete jemand durch die Nase, einen Schrecken ein. Ich drehte mich um und sah mich in meiner Lieblingshaltung im Bett liegen, die Beine angezogen, den rechten Arm unter dem Kissen.

Eines Tages rutschte Theo, der für ein langes Wochenende Sonderurlaub erhalten hatte, heraus, daß er sich mit seiner Mutter getroffen habe. Sie habe ihn vor einer Woche aus einer Eingebung heraus angerufen und gefragt, ob er nicht mal wieder vorbeischauen wolle. Er sei bei ihr gewesen und fürchterlich erschrocken. Sie sehe überhaupt nicht gut aus. Sie sei ganz gelb, topplastig, und sie könne ohne Hilfe kaum noch aufstehen.

»Ja, sie war *damals* schon ziemlich füllig«, sagte meine Mutter, während sie hastig die Tassen aufeinanderstapelte.

»Sie möchte mit Papa reden.«

»Ähem«, hüstelte mein Vater. Er legte den Pinsel aus der Hand und verschwand schnell in der Küche, wo er etwas auf einen Einkaufszettel kritzelte und die Tiefkühltruhe öffnete. Er nahm einige Beutel mit eingefrorenen Lebensmitteln heraus und legte einen nach dem anderen auf die Anrichte. Eissplitter fielen zu Boden.

»Ach, was mach ich denn jetzt?« murmelte er. »Das brauche ich überhaupt nicht.« Er schloß die Tiefkühltruhe wieder und kam herein. »Ich habe hier einen Einkaufszettel«, sagte er, ziemlich laut. »Es müssen dringend ein paar Einkäufe gemacht werden. Es ist nichts mehr da.«

Theo war am Tisch sitzen geblieben. Er strich mit der Hand über die Armeejacke, die über der Stuhllehne hing, und sah meinen Vater an.

»Sie ist krank«, sagte er. »Offenbar glaubt sie, daß sie bald stirbt. Sie hat drei medizinische Nachschlagewerke, und die kennt sie bereits auswendig.« Er nahm ein Päckchen Kaugummi aus der Jackentasche und betrachtete abwesend das letzte Bild auf der Staffelei. Die Frau auf der Leinwand war rund und wohlbeleibt. Sie hatte sich einen hauchdünnen kobaltblauen Mantel über die Schultern gelegt. Zögernd sagte mein Bruder: »Sie hat gefragt, wie es Ihnen geht.«

Kurz darauf sah ich meinen Vater auf dem Gartenweg mit einer Tasche voll leerer Flaschen. Er holte sein Rad aus dem Schuppen und stieg unbeholfen auf. Er fuhr schnell weg, als würde aus den Sträuchern auf ihn geschossen.

Abends klopfte Theo an meine Tür. Er fragte mich, ob ich wisse, wie Vater an Mutter gekommen sei. Ich sagte, daß ich das ganz genau wisse, sie seien einander an einem glühendheißen Augusttag begegnet, und es sei Liebe auf den ersten Blick gewesen.

Er war gerade erst zur Welt gekommen. Seine Mutter Erda war vierzig, und er war ihr Letztgeborener. Es war tatsächlich ein glühendheißer Augusttag. Die Krankenschwestern wischten ihnen mit den Windeln, die, gestärkt und gebügelt, griffbereit im Regal lagen, den Schweiß von der Stirn. Als Papa das Zimmer betrat, hatte er drei Sträuße frisch geschnittener Chrysanthemen im Arm. Das war seiner Mutter in Erinnerung geblieben, weil er Chrysanthemen eigentlich nicht ausstehen konnte, während sie ganz verrückt nach ihnen war. Papa hatte ihn, Theo, wie es immer hieß, in die Arme genommen und gewiegt, ihn mit seiner Mutter verglichen und ihm einen Klaps auf den Hintern gegeben. Dann hatte er seinen Kopf auf ihre Brust gelegt und geweint. Seine Freude hatte sie gerührt. Er war den ganzen Nachmittag und Abend neben ihr sitzen geblieben. Es war so spät geworden, daß die Pflegerinnen ihn zu guter Letzt mit gespielter Entrüstung nach Hause schicken mußten.

Noch keine Woche, nachdem seine Mutter aus dem Krankenhaus entlassen worden war, stand ein Mann bei ihnen vor der Tür. Er trug einen zweireihigen Anzug, hatte die Haare zurückgekämmt, und sein Lachen war wie ein Ölfleck. Er sagte, er heiße Hugo, und er sei gekommen, um in einer seltsamen Angelegenheit um Aufklärung zu bitten. Natürlich verwies seine Mutter ihn an Papa. Der Mann sagte: »Gnä' Frau, ich will ganz offen zu Ihnen sein«, und erzählte dann, daß er viertausend Gulden Schulden habe, die er auf keinen Fall begleichen könne. Jetzt nicht, und auch später nicht. Daß er sich deshalb unheimlich gefreut habe, als Herr Astheim sich so generös gezeigt habe. Herr Astheim sei am 28. August zu ihm nach Hause gekommen, an diesem Tag habe er jedenfalls die zerknitterte Karte gefunden. Er habe umgehend angerufen, um eine Ratenzahlung zu vereinbaren, habe ihn aber einfach nicht an den Apparat bekommen. Er habe es bestimmt zehn Mal probiert. Schließlich habe er um ein Gespräch mit dem Besitzer gebeten, der ihm, nach einem Blick in die Unterlagen, versichert habe, der Betrag sei bereits beglichen! Doch seine, Hugos, Jubelstimmung sei verflogen, als man ihn auf der Straße angesprochen habe. Für jemanden, bei dem der Gerichtsvollzieher häufiger vor der Tür stehe als der Milchmann, bekam er zu hören, sei er aber außergewöhnlich gut gelaunt.

Dann sagte er: »Sagen Sie Ihrem Mann, er kann haben, wofür er bezahlt hat.«

Das Schlimme war, daß Papa überhaupt nichts bezahlt, sondern mit Zahlen jongliert hatte. Kaum daß Erda die Geburt hinter sich hatte, saß Papa tagsüber bei »dieser Frau«, und abends manipulierte er die Bücher.

Seine Mutter wiederholte es fast jedesmal, wenn Theo sie besuchte. Daß diese Frau noch am selben Tag spätabends vor der Tür gestanden habe, mit einem Gesicht, das auf einer Seite vollkommen blau und geschwollen war. Sie habe vor der Tür gestanden, einen Koffer und eine Tasche in der Hand, und Papa habe es rundheraus abgelehnt, sie draußen stehenzulassen.

Theo grinste. Er zupfte an meiner Decke, betrachtete die hellgelbe Daune und sagte: »Was riecht denn hier immer so komisch?«

Über seinen blonden, runden Kopf hinweg blickte ich aus dem Fenster und sah die Wolken und die Spitze eines orangefarbenen Krans, von dem ein Seil mit einem kegelförmigen Gegenstand herabhing. Wenn man nicht nachdachte, sah es aus, als baumelte da ein Mensch, als pendelte da ein Mann langsam und nicht unzufrieden im Wind hin und her.

Mein Bruder schwieg. Er nahm einen Schluck Wasser aus dem Glas, in das ich schon seit drei Tagen die Wattebäusche tunkte, mit denen ich mir das Gesicht reinigte, und sah mich triumphierend an. Mir fiel auf, daß er die gleiche krumme Römernase hatte wie Vater und auch dessen spitz zulaufende, W-förmige Oberlippe.

Er nahm noch einen Schluck, gurgelte, bückte sich und löste die Schnürsenkel seiner Armeestiefel. »Tja, Schwesterlein«, sagte er, »Nicolaj und du, ihr habt immer nur das Beste gekriegt.« Er rollte sich die Socken von den Füßen und kniff sich in die Zehen. Ich wünschte, er würde etwas häufiger unter die Dusche oder ins Bad gehen. Ich wünschte, er würde nicht länger seinen Seesack in die Diele stellen, wo er stundenlang vor sich hinstank.

Er erzählte, daß seine Mutter, als sie ein paar Jahre danach von Eddies Geburt erfahren habe, für kurze Zeit stocksteif im Zimmer stehengeblieben sei. Sie habe ihn mit seinen Brüdern und seiner Schwester rund um den Tisch Platz nehmen und das Neugeborene laut und feierlich verfluchen lassen.

»Wußtest du das?« fragte er.

Ich rechnete schnell nach. »Du warst zwei, als Eddie auf die Welt kam. Daran kannst du dich doch überhaupt nicht erinnern.«

Vielleicht konnte er sich dennoch daran erinnern. Jeder mißt und erlebt die Zeit anders, und was für den einen unerreichbar ist, liegt für den anderen zum Greifen nahe. Gibt es nicht Menschen, die von der Zeit erzählen können, als sie Napoleon, Alexander der Große oder Cleopatra waren? Und die genauestens wissen, was sie gedacht und empfunden, wen sie gehaßt und wen am meisten geliebt haben?

Dann sagte er, daß seine Mutter ihm noch immer dieselbe Frage stelle. Immer dieselbe Frage. Sie lege ihm die Hand auf den Arm und frage ihn, ob *er* das verstehen könne. Daß Papa an dem Tag, an dem er, Theo, geboren worden sei, bei einem Flittchen in der Zadelstraat den Weihnachtsmann gespielt habe.

Meistens hielt ich den Mund und starrte nur die Tapete an, die mit vergrößerten Fragmenten impressionistischer Gemälde bedruckt war. Mit dem Schnüffeln mußte ich warten, bis Theo wieder weg war. Ich drückte mit dem Daumen mein linkes Nasenloch zu, das mal wieder seit einer Weile geruchsunempfindlich war, und hielt eines meiner Fläschchen unter das rechte. Wenn ich nur lang genug inhalierte, flossen alle Farben ineinander, und ich konnte im weichen Abendlicht auf einer der Bahnen vier Reiter erkennen, die auf rosafarbenen Pferden über den Parkettboden auf mich zugeritten kamen. Nackt, wie meines Erachtens nur Männer wirklich nackt sein können. Ich sah die Muskeln an den Innenseiten ihrer Schenkel, die Sehnen auf ihren Füßen. Sie waren zäh wie Fasern und leichter als Wolken.

Bei den immer krampfhafteren Versuchen, die Aufmerksamkeit meiner Eltern zu erregen und meinen Vater dahin zu bringen, mit Erda, der verlassenen, inzwischen versöhnlich gestimmten Ex-Ehefrau, in Kontakt zu treten, nahm mein Bruder mehr und mehr die Züge eines Jägers an.

Meine Mutter hielt es nicht mehr aus.

»Jetzt hör mal zu«, sagte sie. »Ich bin doch nicht dafür verantwortlich, daß Erda so nervös und instabil ist. Dein Vater und ich haben genug mitgemacht. Wir hatten nur das, was wir auf dem Leib trugen. Wir hatten keinen roten Heller, nicht einen einzigen lumpigen Heller. Dein Vater war auf der Stelle gefeuert worden, mit Schulden, die ihm über den Kopf wuchsen. Und niemand wollte ihn mehr einstellen, kein Mensch weit und breit. In der Zwischenzeit wurde deine Mutter, die nicht wußte, wohin mit ihrem Geld, von der ganzen Verwandtschaft verhätschelt und verwöhnt.«

»Wir haben es trotzdem geschafft, Tonette«, sagte mein Vater, in ziemlich scharfem Ton. »Jetzt geht es uns doch gut.«

»Ich brauche nur die Augen zu schließen, um sie mit all den Kindern vor der Tür stehen zu sehen. Wenn ich mal auf eine Tasse Kaffee bei den Nachbarn unten vorbeischaute, mußten sich deine Geschwister ans Fenster stellen und ihre Rotznasen an die Scheiben drücken, als Anklage, als Beweisstücke.« Sie drehte sich zu meinem Vater um.

»Tonette, du weißt, ich habe ein Gedächtnis wie ein Sieb.« Dieser Spruch kam häufiger. Theo war jedoch der Meinung, daß mein Vater alles, woran er lieber nicht erinnert werden wollte, an einem Flaschenzug durch ein selbstgeschaufeltes Loch auf den Boden seines Gedächtnisses sinken lasse.

»Du warst ja auch nicht dabei«, sagte meine Mutter. »Du hast damals im Hafen gearbeitet.« Und überhaupt, sagte sie und zündete sich eine Zigarette an, habe sie nicht vor langer, langer Zeit Erda davon abgehalten, mit Theo von der Brücke zu springen? Was für ein Melodram das gewesen sei. Die Würfel seien kurz zuvor gefallen, die Scheidungsurkunden unterschrieben worden. Erda habe nur ein paar Bilder zurückzugeben brauchen, sei aber, als sie Mutter gesehen habe, erst nach oben gerannt und kurz darauf mit dem kleinen Theo auf dem Arm wieder nach unten. Wie alt war er damals eigentlich gewesen? Noch keine drei Monate! Seine Mutter habe ihn in den Fahrradkorb gestopft und sei, den Korb unter dem Arm, vor ihnen her in Richtung Brücke gerannt. »Sie hat dir wohlgemerkt erst noch das Taufkleid angezogen.« Auf der Brücke angekommen, habe sie den Korb hin- und hergeschwenkt, während das Wasser unter der Brücke tobte. »Ich springe, ich springe«, habe sie geschrien.

»Das werde ich nie vergessen. Es war Mitte November. Kein Wunder, daß das Jugendamt dich uns zugesprochen hat.«

Mein Vater hüstelte: »Es war ein milder Winter«, sagte er. »Erda konnte prima schwimmen. Selbst wenn sie es gewollt hätte, sie hätte gar nicht ertrinken können.«

Meine Mutter ignorierte ihn, und er drehte sich um und vertiefte das Blau in den Falten eines Rocks auf der Leinwand. Dann hüstelte er noch einmal und sagte, es sei eine seltsame Zeit gewesen. Auch meine Mutter sagte: »Es war eine seltsame Zeit.«

»Eine wahnsinnige Zeit«, sagte mein Vater.

»Eine sehr seltsame Zeit«, sagte meine Mutter. »Ich war bei ganz vielen jüdischen Familien in Stellung, und sie sind alle verschwunden. Einfach weg.«

»Tja«, seufzte sie und sah Theo an, »*denen* ist es wirklich dreckig gegangen.«

Dann schienen sie Theo vergessen zu haben. Sie rauchten, erzählten und sprachen davon, daß niemand genau gewußt habe, was er damals tun mußte, nach dem

Krieg. Und sie zündeten sich noch eine Zigarette an und sprachen davon, daß auch vor dem Krieg eigentlich niemand genau gewußt habe, was er tun mußte. Und aus der Art, wie sie dasaßen und einander ansahen und Theo (der sie noch immer unverwandt anstarrte) keinen Blick schenkten und wie sie sich eine Zigarette nach der anderen anzündeten und sie gierig, nachdenklich, sinnierend mit ihren Lippen umschlossen, ging deutlich hervor, daß vieles nur *während* des Krieges klar gewesen war.

Vor den Feiertagen – mein Vater hatte unsere Fenster mit Bleiband in kleinere Flächen unterteilt, so daß sich alles, was sich draußen befand, unseren Augen neu gegliedert und in kleinen dunklen Rahmen übersichtlich angeordnet darbot – kam Theo mit der Mitteilung nach Hause, er habe in der Stadt eine Mietwohnung gefunden. Eine tolle, helle Mietwohnung in einem alten Herrenhaus. Erleichtert half mein Vater ihm beim Packen.

»Du weißt, mein Junge, daß du hier immer willkommen bist«, sagte er, als Theo auszog.

Ich erhielt immer noch Ansichtskarten aus Hongkong, doch die Abstände dazwischen wurden größer. Ich überprüfte Namen und Adresse und warf sie in den Schuhkarton unter meinem Bett. Ich beschloß, daß es kindisch sei, pathetisch, voller Sehnsucht an Huan zu denken.

Ich hatte es mir zur Gewohnheit gemacht, das Haus nur noch stark geschminkt zu verlassen. Ich kümmerte mich nicht darum, ob es warm oder kalt war. Eingehüllt in meine Jacke aus Kaninchenfell, schlenderte ich an den Häusern der Nachbarn vorbei, die Haare wild toupiert, die toten Kaninchen weich und warm um die Schultern. Nicolaj sagte, in der Nachbarschaft werde gemunkelt, ich ginge auf den Strich. Ich sagte, ein Blick in die Geschichte zeige, daß Huren und Kurtisanen (ein Wort, das er nicht kannte) am weitesten kämen. Als Gedankenexperiment stellte ich mir vor, wie ich später, wenn ich mutiger wäre, die zerknitterten Scheine nehmen und achtlos in ein perlenbesetztes Täschchen gleiten ließe. Mich breit lachend auf einem Diwan zurücklehnen würde, um einen Gürtel zu öffnen, bis Leder gegen nackte Haut klatschte. Wie ich mit zusammengekniffenen Augen zusähe, wie mein Gast aufgeregt die Hose herunterließe. Das Wort »Kunde« machte mich irgendwie nervös; daß mein Körper mit einem Laden verglichen wurde, gefiel mir nicht. Hotel und Gasthaus funktionierten dagegen besser, sie gingen von gewissen Grundvoraussetzungen aus.

»Laß dir Zeit«, würde ich sagen. »Laß dir ruhig Zeit.«

In der Zwischenzeit suchte ich vor dem Spiegel in meinem Gesicht nach Spuren der Zügellosigkeit, sah aber nichts anderes als schwarze Kajalstreifen und ziemlich runde Wangen. Wochenlang hatte ich in einem alten Buch Leonardo da Vincis Zeichnungen von Gesichtsmuskeln studiert. Eine große Zahl von Muskeln mußte ineinanderspielen, um etwas so Einfaches wie ein Lächeln hervorzubringen, ob das nun von mir oder von der Mona Lisa stammte. Manchmal breitete ich Huans

Karten vor mir auf dem Fußboden aus, während ich vor dem Spiegel gefühlvolle und innige Gesichtsausdrücke imitierte. Es war schon seltsam, als ich merkte, daß meine Imitationen richtige Gefühle hervorriefen. Bedeutete das, daß sie sich abstellen ließen wie kaltes oder heißes Leitungswasser? Wenn ich sagte »Du bist traurig«, die Augenbrauen hochzog und die Mundwinkel fallen ließ, lief ich aus wie das Faß der Danaiden.

Ich schwänzte mit Unterbrechungen. Um nicht erwischt zu werden und keine Panik auszulösen, gab ich selbstverfaßte Entschuldigungen ab, in denen ich abwechselnd wegen Blutarmut, einer leichten Form von Epilepsie sowie anfallsweise auftretenden starken Kopfschmerzen um Verständnis bat. Wenn ich wieder zum Unterricht kam, setzte ich mich in aller Ruhe auf meinen Platz. Zu Hause hatte ich mir das Gesicht mit ein wenig Mehl gepudert und grauen Lidschatten unter den Augen verteilt. Die besorgten Reaktionen meiner Mitschüler ließ ich kühl über mich ergehen. Ich machte die Übungen mit, lieferte meine Aufgaben ab und schloß alle Klausuren mit guten bis sehr guten Noten ab, so daß keiner der Lehrer ein Gespräch mit meinen Eltern für erforderlich hielt. Der eine oder andere ließ dann und wann eine Bemerkung über mein erschöpftes Aussehen fallen oder nahm mich zu einem »Gespräch unter vier Augen« beiseite.

»Du schaust so komisch. Dein Blick ist irgendwie verschleiert. Du stehst doch hoffentlich unter ärztlicher Aufsicht?«

An den Tagen, an denen ich schwänzte (ein in Papiertaschentücher gewickeltes Fläschchen Leinöl im vorderen Fach meiner Schultasche, das Pausenbrot im mittleren Fach sowie Stifte, Kalender und Ringbuch, um meine Mutter nicht mißtrauisch zu machen), ging ich meist in den Park. Er war angelegt worden, um das eine rebellische Dorf mit dem anderen zu verbinden und um uns Stadtflüchtlingen als Freizeitgelände zu dienen, verwuchs aber nur langsam mit dem alten Park. Häufig sah ich einen Rattenfänger in der Nähe des Wassers, einen kleinen, grüngekleideten Mann in Langschäftern und mit einem Jutesack, der ausgebeult über seiner Schulter hing. Eines Tages blieb er zwischen den Schwertlilien stehen und sprach mich an (»Ich habe dich schon oft hier gesehen«). Stolz fing er an, mir zu erzählen, wie er seine Ratten fing.

»Es ist im Auftrag der Gemeinde«, sagte er, während das Wasser seine Stiefel umspülte. »Ich stehe im Dienst Ihrer Majestät der Königin.« Ich freute mich, einem wirklichen Fachmann zu begegnen, und begrüßte ihn vergnügt. Ich erzählte ihm, daß mein Vater Beamter sei und daß auch er seit langer Zeit im Dienst Ihrer Majestät der Königin stehe.

»Bisamratten«, sagte er, »sind furchtbar schwierige Biester. Sie lassen sich kaum fangen. Man muß sie anlocken.« Er öffnete den Sack und holte eine tote Ratte heraus, die ölig glänzte.

Es war ein beruhigender Gedanke, daß irgendwo im Rathaus Leute über Bisamratten beratschlagt hatten. Und siehe da, jetzt gab es einen Rattenfänger. Mit den hohen Schaftstiefeln watete er, um den listigen Bisamratten, die sich in Ritzen und an schlammigen Stellen versteckten, Einhalt zu gebieten, durch alle Teiche und mit Entengrün bestandene Tümpel.

»Ich kenne ein Restaurant, in dem sie als Wasserkaninchen auf der Speisekarte stehen«, fügte er hinzu. Es klang langgezogen und traurig.

Ich kaufte mir einen roten chinesischen Lampion mit gelben Troddeln, den ich in der Mitte des Zimmers aufhängte. Abends, wenn es dunkel geworden war, saß ich oft in der roten Glut in meinem Seidenkimono am Fenster, spreizte langsam die Beine und sah zu, wie der Verkehr verzweifelt die Geschwindigkeit drosselte. Dennoch wurde nur ein einziges Mal an unserer Tür geklingelt.

»Ja?« hörte ich meine Mutter sagen. Über das Treppengeländer gebeugt, versuchte ich die Gestalt vor der Tür zu erspähen, sah aber nur auf Hochglanz polierte Schuhe, die unter einer grauen Hose hervorlugten. Als ich mich gerade noch weiter nach vorne beugen wollte, um das Gesicht zu sehen, kam mein Vater mit einem Tablett voller Tassen aus der Küche.

»Wer ist da, Tonette?« fragte er.

»Bitte entschuldigen Sie die Störung«, sagte der Mann. Er sprach mit affektierter Stimme. »Ich habe mich wohl in der Adresse geirrt.«

Gespannt lauschte ich dem Geräusch des startenden und sich entfernenden Wagens, ging zurück in mein Zimmer und klemmte einen Stuhl unter die Türklinke.

Ich warf mich aufs Bett und legte meine linke Hand wie eine Klammer um den Nacken unserer Katze. Sie lag friedlich da und schlief, und ich kraulte ihr mit den Fingern beruhigend das wuschelige Fell, während ich mich mit ihrem Schwanz befriedigte. Ich dachte an den Mann mit den blitzblank geputzten Schuhen und der Bundfaltenhose. Dann versuchte ich – trotz meiner strengen Vorschriften – an Huan zu denken. Doch genau dann, wenn ich meinte, sein Gesicht vor mir zu sehen, in dem Moment, als mich eine grelle, heftige Explosion zu zerreißen drohte, erschien mit unerträglicher Unvermeidlichkeit jedesmal Fengs blasses, weißes Gesicht oder das Schollengesicht der Vermieterin oder Loris blöder Schmollmund, so daß ein Teil von mir traurig einschlummerte, während der andere verwirrt und von der Hitze benommen über mir hing und mich erbarmungslos schweigend anstarrte. Die Katze, die nach dem Spiel aus Angst vor Repressalien lang ausgestreckt auf der Decke liegengeblieben war, beförderte ich mit einem harten Tritt vom Bett.

Es war klar, daß Theo nicht mehr zurückkommen würde. Da Nicolaj noch immer das Zimmer mit Eddie teilte, fand er, daß der frei gewordene Raum ihm zustehe. Er erinnerte meine Eltern daran, wie sie uns in den Wochen vor dem geplanten Umzug aufzumuntern versucht hatten, indem sie von »unendlich viel Platz« sprachen. Hatten sie nicht immer behauptet, Eddies Einquartierung in der Dachkammer sei nur eine vorübergehende Maßnahme? Mit dem Eifer eines Strafverteidigers versuchte Nicolaj sie von seinem Standpunkt zu überzeugen. Er sagte, Eddies Ticks machten ihn noch ganz meschugge, und er erzählte, daß Eddie nach getaner Arbeit alle Schubladen, Fenster und Schränke öffne und den Hahn aufdrehe, bis das Wasser *tropf-tropf-tropf* ins Waschbecken lief, und daß er jeden Tag den Schreibtischstuhl so verschiebe, daß zwischen Stuhl und Tischplatte genau ein halber Meter Abstand sei. Meine Mutter zuckte mit den Achseln. »Er ist nun mal behindert. Du mußt lernen, damit zu leben. Ich mußte es ja auch.« Nicolaj sagte, daß er auch mal allein sein wolle. Das konnte sie nicht beeindrucken, und sie wiederholte, was ich sie schon so oft hatte sagen hören: Wenn überhaupt jemand ein eigenes Zimmer bräuchte, dann doch wohl sie. Habe sie nicht ihre ganze Jugend mit den Großeltern, einem bei ihnen wohnenden Onkel und einer labilen Mutter in einem heruntergekommenen Arbeiterhäuschen zugebracht? In dem sie alles Mögliche gesehen und gehört habe? »Das hat mir weiter nicht geschadet. Mein Großvater hat jeden Abend sein Gebiß in ein Glas gelegt und es auf einen kleinen Schrank zwischen die Betten gestellt. Links sein offener Mund, rechts sein Grinsen im Glas.«

Sie schien vergessen zu haben, daß sie die Privatsphäre für etwas Unwichtiges hielt. Sie sagte nämlich, daß ganz und gar noch nicht entschieden sei, ob das Zimmer wirklich Vaters Atelier werde. »Was die Aussicht betrifft, ist es doch eigentlich egal, ob er oben oder unten arbeitet, und Licht kriegt er genug aus dem Garten.« Sie überlege sich, ob sie Theos Zimmer nicht für sich einrichten solle. Ein Tisch, ein Schrank nur für sie sowie ein paar persönliche Sachen. Sie hängte ihren seidenen Morgenrock an die Tür.

Nicolaj versuchte sie zu überzeugen, wie unhaltbar die Situation auf dem Dachboden sei, indem er eine Stunde nach Eddies Rückkehr die Treppe heruntergerannt kam und sich beklagte, jetzt stehe schon wieder alles offen. So könne er nicht lernen. Das kannten wir. Schon häufig hatte ich ein Poltern gehört und anschließend, ohne extra die Ohren spitzen zu brauchen, die Stimme von Nicolaj, der Eddie ohnmächtig beschimpfte: »Du bist doch bekloppt! Halt doch endlich mal deine Pfoten bei dir!«

Alte Argumente.

Er wiederholte sich und merkte nicht, daß meine Mutter nur noch auf sein lilafarbenes Gesicht und seine heftig gestikulierenden Hände achtete.

In Erwartung einer endgültigen Entscheidung stand Theos Zimmer leer. Ein Bügelbrett wurde hineingestellt und ein Schrank, in dem alle »verstaubten« Bücher von unten verstaut wurden – hauptsächlich Kunstbände und alte Lehrbücher meines Vaters. Mathematik und Statistik. *Was will das Weib?* und *Mythen der Korrelation.* Auf dem Schutzumschlag der Name meines Vaters.

Dem Geflüster um mich herum konnte ich entnehmen, daß ein paar meiner Mitschüler mich im Park mit einem Mann »von mindestens vierzig, vielleicht sogar fünfzig« gesehen hatten. Ich traf mich in der Tat in schöner Regelmäßigkeit mit dem Rattenfänger. Obwohl wir nichts Konkretes ausgemacht hatten, gab es eine wortlose Übereinkunft zwischen uns, im Falle unserer Anwesenheit im Park erst einmal bei einem bestimmten Teich vorbeizuschauen, wo ich ihn häufig antraf. Während ich zeichnete (ich saß auf einer Holzbank und hatte meine Utensilien vor mich auf den Boden gelegt: Graphitstift, HH-Bleistift, HB-Bleistift, Tusche und Pinsel, keinen Radiergummi), hörte ich meist nur das Geräusch seiner hohen Stiefel, mit denen er im Wasser, zwischen den Pflanzen und im Schlamm herumwatete, und bisweilen ein dumpfes Murmeln, das an niemand Spezielles gerichtet war. Er sagte, die meisten Teiche und Gräben würden zu Erholungszwecken ausgehoben, was aber konkret damit bezweckt werde, entziehe sich seiner Kenntnis. Schwimmen sei eine Sache der Unmöglichkeit: Es wimmele hier von Ratten. Fische gebe es nicht, und Schiffchen fahren lassen könne man auch nicht, da alles mit Entengrün zugewuchert sei.

Meistens zeichnete ich einzelne Hände und Füße, die ich an Zwirnsfäden baumeln ließ. Präzisionsarbeit. Man muß auf den subtilen Schattenwurf unter den Knöcheln, das Linienspiel der Knochen und Sehnen sowie auf die Unterschiede zwischen den einzelnen Fingern und Zehen achten. Hände und Füße finden sich ohne zu murren mit ihrer Situation ab. Die Gliedmaßen sind geduldiger, folgsamer als Kopf und Rumpf. Gegen vier, wenn der Rattenfänger fertig war und mir stolz den Tagesfang präsentierte (beispielsweise ein noch lebendes Frettchen, das sich wild zappelnd loszureißen versuchte), ging ich nach Hause.

Einmal, als ich gerade meine Bleistifte und das Fläschchen Ausziehtusche in die Tasche gepackt und meine Zeichnung zusammengerollt hatte, um die Rolle anschließend mit einem gelben Klebestreifen zuzukleben, ließ mich der Rattenfänger noch nicht gehen, sondern langte mit der Hand in die Tasche und zog einen Ring heraus.

»Für dich«, sagte er.

Ich nahm den Ring und drehte ihn hin und her. Er war groß, hellgelb und hatte überall kleine Kratzer. Auf der Innenseite waren eine Inschrift und ein Datum eingraviert.

»Das ist ein Ehering, den kann ich wirklich nicht annehmen«, sagte ich höflich.

»Bitte«, sagte er. »Er ist für dich.«

»Warum?« Zögernd drehte ich den Ring hin und her.

»Ach, mein liebes Kind, meine Frau ist schon eine ganze Weile tot, und irgend jemand muß ihn doch tragen.« Er drückte ihn mir in die Hand und rückte den Sack auf seiner Schulter zurecht.

Im Gegenzug gab ich ihm die Zeichnung, die ich an diesem Tag angefertigt hatte. Es war eine Tuschzeichnung von mir selbst, genauer gesagt von meinen Beinen und Füßen, die unter einem Blatt Papier hervorlugten, von meiner Nasenspitze und dem Schatten, den sie auf das Papier warf, und von den Haaren, die mir beim Zeichnen vor den Augen gehangen hatten.

Auf dem Nachhauseweg schob ich den Ring über meinen Mittelfinger, aber er war zu weit. Wenn ich die Hand nach unten hielt, glitt er mir sofort vom Finger.

Letzten Endes ließ ich ihn vom Juwelier im Dorf enger machen.

Sechs Wochen vor den Sommerferien kam Nicolaj, der sich mit Sprachen schon immer schwergetan hatte, mit der Mitteilung nach Hause, er werde wahrscheinlich sitzenbleiben. Er meinte, das stehe eigentlich schon fest. Es mache ihm nichts aus, er gehe lieber auf die Berufsfachschule, die Technische Oberschule tauge sowieso nichts. Wir wußten, daß das erste Jahr auf der Technischen Oberschule furchtbar gewesen war, denn Nicolaj war lange Zeit so dick und rund gewesen wie ein mit Gänsefedern gefülltes Kissen. Sein Gesicht war weich und rund wie das eines Mädchens, seine Haare hingen glatt und glänzend herunter. Einmal hatte er einen Lippenstift und einen Mascararoller in seinem Pult gefunden.

»Ihr werdet schon sehen«, rief meine Mutter ständig, »irgendwann macht er noch einen Schuß.« Ich wußte nicht, wie sie darauf kam, denn ich sah ihn monatelang nur in die Breite gehen. Nach der Schule klebte er wie ein Schatten am Kühlschrank und stopfte sich die Backen mit Brötchen voll, die dick mit Butter und Schokoladenstreusel belegt waren.

Mein Vater betonte, daß er selbst es nach einer besonders schwierigen Phase in seinem Leben mit Lehrgängen und Selbststudien erfolgreich zum Beamten gebracht habe. Zu einem Mann mit einem anständigen Gehalt. Gequält setzte er sich zu Nicolaj und versuchte zu retten, was zu retten war. Während seiner Nachhilfestunden starrte Nicolaj jedoch mit einem ausdruckslosen, nach innen gerichteten Blick auf die Schulbücher.

»Das ist eine *Passiv*konstruktion«, sagte mein Vater. »Das Subjekt des Satzes tut nichts. Schalt doch endlich mal dein Gehirn ein.«

Je länger die Nachhilfestunde dauerte, desto weniger verstand Nicolaj. Er verhakte sich in den Fallstricken der Grammatik und gab Antworten voller Schleifen und Knoten. Mein Vater reagierte mit einem ungeduldigen Stakkato.

»Perlen vor die Säue«, rief er verärgert. »Hör doch endlich mal zu. *Warum* verwendet man das Passiv? Weil man manchmal nicht weiß, wer etwas macht. Zum Beispiel: Hier wird eine Kirche gebaut. Wer das tut, weiß man aber nicht. Es wird geweint. Wer das tut, weiß man nicht. Es kann auch sein, daß man vielleicht weiß, wer etwas macht, es aber nicht für wichtig hält, es zu sagen.« Um seinen Worten Nachdruck zu verleihen, klopfte er wiederholt auf den Tisch, und bei jedem Klopfen zuckte Nicolaj leicht zusammen.

Er wollte es begreifen, schaffte es aber einfach nicht. Das Nachdenken über Wörter und Satzkonstruktionen zog Furchen in seine Stirn. Bald erstreckten sich seine Grammatikschwächen auch auf andere Fächer, und er kam auch in Erdkunde, Geschichte und Biologie, kurz, in allen nichtexakten Fächern, nicht mehr mit. Immer häufiger setzte sich mein Vater nach der Rückkehr aus dem Büro seufzend zu ihm, statt sich seiner Malerei zu widmen. Irgendwann einmal wurde es ihm aber zuviel. Widerwillig hatte er sich von der Leinwand gelöst und

Nicolaj zu erklären versucht, woran man das Akkusativobjekt erkennt. Nicolaj starrte mit leerem Blick in die Luft. Da griff mein Vater plötzlich das Tischtuch bei den Troddeln und zog es samt Kaffeegeschirr vom Tisch. Im Aufstehen hob er den schweren Eichentisch in die Höhe. Mein Vater war schon an die sechzig und nicht gerade muskulös, doch an seinem Oberarm erschien da, wo der Bizeps in den *anterior circumflex* übergeht, eine alarmierende Schwellung.

»Ende des Unterrichts.«

Nicolaj begann vor Schreck zu lachen.

Mein Vater wurde noch blasser, ließ den Tisch fallen und schlug ihm mit der flachen Hand ins Gesicht. Seine dünnen Haare flatterten vor Wut nach hinten. Auf Nicolajs Wange erschien ein feuerroter Fleck, in dem sich der Abdruck von Fingern abzeichnete. In einem Reflex holte er aus und trat meinem Vater mit der Spitze seines Cowboystiefels (der mit einem Metallstück beschlagen war) gegen das Schienbein. Im beigefarbenen Stoff des Hosenbeins breitete sich ein dunkler Fleck aus.

Daraufhin versetzte mein Vater ihm rhythmisch Hiebe, als müßte er eine Rolle Pizzateig bearbeiten.

Erschrocken über den Lärm stürmte meine Mutter ins Zimmer.

»Pjoter!« rief sie. »Hör auf, sonst schlägst du ihn noch tot!«

»Ist mir doch egal!« rief mein Vater mit sich überschlagender Stimme. »Ist mir doch egal! Soll ich mir vielleicht vors Schienbein treten lassen?«

Wimmernd rannte Nicolaj nach oben. Eddie und ich saßen nebeneinander auf der Couch, vermieden es aber, uns anzusehen. Mein Vater hatte sich vor langer Zeit auch mal über mich derart aufgeregt – dieses Flackern in seinen Augen hatte sich mir eingeprägt. Ich war damals neun gewesen, als er mein Zimmer betrat, mit blauen, vor Kälte steifen Wangen, den Kragen seines Sakkos hochgeschlagen, das graue Haar zerzaust. Er sagte, er habe eine Überraschung. Ich lachte und sagte, das wisse ich schon: »Ein Buch.« Ich hatte es am Morgen entdeckt – locker in Geschenkpapier eingepackt, daneben die kleine, seidene Rose – und sofort gewußt, daß es für mich war. Hastig hatte ich es aus dem Papier genommen und darin geblättert. Abbildungen von Gemälden. »Die Alten«, »Marats Tod«, »Jupiter und Semele«. Damals hatte er auch dieses Flackern in den Augen, ähnlich dem Flackern flimmernder Lämpchen in einer Festbeleuchtung. Er stiefelte ins Zimmer und wickelte das Buch aus dem Papier.

»Hier, bitte«, sagte er, doch bevor er es mir mit ausgestrecktem Arm überreichte, riß er eine Handvoll Seiten heraus und zerknüllte sie.

Mein Vater räusperte sich, putzte sich laut schneuzend die Nase mit seinem Malerlappen, der ihm, mit Aquamarinflecken übersät, griffbereit aus der Hosentasche hing, und stellte den auf der Seite liegenden Tisch wieder auf. »Ach du lieber Himmel«, sagte meine Mutter, als sie kniend die Scherben der Kaffeetassen zusammenfegte. »Kann es bei uns denn nie normal zugehen?«

Mein Vater ging reumütig neben meiner Mutter in die Knie und hob die Tischdecke mit den Scherben an den vier Ecken in die Höhe, wie eine übervolle Windel. Nachdem er sich Gesicht und Hände gewaschen hatte, stieg er die Treppe hinauf.

»Guck doch mal, was dein Vater da oben macht«, sagte meine Mutter. Das sagte sie häufiger, als hätte sie Angst, Vater könnte etwas anstellen, was sich nicht in Worte fassen ließ.

Vorsichtig schlich ich hinter ihm her. Er klopfte an Nicolajs Tür und wartete auf dem Flur, auf dem seine Gemälde zu Dutzenden unter grünem Vorhangstoff eingelagert waren. Nicolaj machte aber nicht auf. »Nicolaj«, begann er vorsichtig. Schuldbewußt klopfte er mit den Knöcheln gegen die Tür. »Komm, Junge, jetzt mach schon auf.«

Die Tür blieb zu. Als einzige Reaktion hörte man das laute Rauschen von Wasser, das ins Waschbecken strömte. Nach wenigen Minuten kam mein Vater blaß wieder herunter und fing an zu weinen. Das hatte ich ihn noch nie tun sehen, und ich betrachtete ihn leicht verlegen. Manche Leute bekommen, wenn sie weinen, etwas Heroisches. Ihre Züge vertiefen sich, geheimnisvolle Schatten machen ihre Aufwartung, und ihr Blick überzieht sich mit einem Schleier, der ihrem Kummer silbernen Glanz verleiht. Nicht jedoch bei meinem Vater. Ihm lief ein wenig Schleim aus der Nase, das Weiße in seinen Augen war trübe geworden, auf der Stirn erschien ein hellrosa Fleck, und seine ganze Haltung drückte Erschütterung und Hilflosigkeit aus.

Mein Vater putzte sich erneut mit dem fleckigen Tuch die Nase.

»Wer wird denn gleich«, sagte meine Mutter. »Beruhige dich erst mal.« Auch sie wirkte hilflos. »Laß dich doch nicht verrückt machen«, sagte sie. »Du nimmst dir immer alles so zu Herzen.«

Später an diesem Nachmittag kochte mein Vater das Lieblingsessen meines Bruders. Er holte ein tiefgefrorenes Hühnchen aus der Kühltruhe, legte es zum Auftauen in einen Topf mit heißem Wasser, machte den Gasofen an und öffnete eine Dose Erbsen, extra fein. Er gab ein ganzes Glas Apfelmus in eine Schüssel und streute Zimt darüber. Dann kochte er Milch ab und machte Rosinenpudding, den er auf kleine Schüsselchen verteilte. Dampfend standen sie auf der Anrichte. Mein Vater kochte wie ein Verliebter. Im ganzen Haus roch es nach süßer gekochter Milch.

Mein Bruder ließ uns extra lange warten. Als er endlich herunterkam und sich zu uns an den Tisch setzte, lag auf seinen Lippen das süffisante Lächeln eines Soldaten, der entdeckt hat, daß die Kampfmoral des Gegners gebrochen ist, daß die Panzer verlassen und die Laufgräben leer sind. Er zog seine Gabel durch die Erbsen. Doch so stolz und dickköpfig er auch aussah, irgendwo unter der Oberfläche mußte sich noch der Ausdruck des Erschreckens und des Unglaubens befinden, den ich unmittelbar nach der Ohrfeige auf seinem Gesicht gesehen hatte.

Es gibt viele Arten von Küssen. Den Liebeskuß, den Freundschaftskuß, den Judaskuß, den Bekanntenkuß und den Eltern-Kind-Kuß. Die ersten beiden und der letztgenannte haben ihre Existenz dem Prinzip der Gegenseitigkeit zu verdanken. Nicolaj gab meinem Vater ab sofort nicht mehr die klebrigen, feuchten Küsse, die er ihm vorm Zubettgehen immer ein wenig verschämt und hölzern, dafür aber um so fester auf die Wange gedrückt hatte.

»Er ist ein stolzer Mann«, sagte meine Mutter später über meinen Vater. »Er erträgt es nun einmal nicht, wenn man ihn zum Narren hält. Er will, daß man ihn ernst nimmt. Das ist schon so, seit ich ihn kenne.« Und sie erzählte, daß er eines Tages, als sie gerade ein Jahr verheiratet gewesen waren, kaum eine Stunde nach dem Aufbruch zur Arbeit wieder nach Hause gekommen sei, um ihr mitzuteilen, daß er gekündigt habe, ohne weiter darauf einzugehen, was genau vorgefallen war. Sie habe es ihm aus der Nase ziehen müssen. Daß die Männer im Hafen auf ihn gewartet und ihn in eine halbdunkle Ecke hinter den Tonnen geschubst hätten, wo er sich bis auf die Unterhose habe ausziehen müssen. Dann hätten sie ihn von oben bis unten mit Schmierseife eingerieben. »Da braucht man sich nicht zu wundern«, sagte meine Mutter. »Kräftige Burschen, die ihr Leben lang im Hafen gearbeitet hatten. Und dann dein Vater mit seinen rosigen Händen.«

Der Kontakt zwischen Nicolaj und mir bestand lange Zeit aus einer Reihe körperlicher Zusammenstöße. Er beobachtete mich beim Baden durchs Schlüsselloch und stand, nachdem er die Tür eine ganze Weile mit Schraubenzieher und Meißel bearbeitet hatte, auf einmal im Badezimmer, um das Wachstum meiner Brüste (sie entwickelten sich vollkommen unabhängig voneinander: während die linke groß war wie ein Wachtelei, hatte die rechte die Maße einer kleinen Sternfrucht – eine Tatsache, die mir große Sorgen bereitete) und die Üppigkeit meiner Schamhaare zu kommentieren. Daraufhin setzte ich mich mit Unterhemd und Slip in ein Schaumbad und ergötzte mich an seiner Enttäuschung, als ich derart bekleidet aus dem Wasser stieg. Aus Rache hockte er sich bei kleineren Konflikten mit dem Rücken zu mir auf meine Brust und ließ lautlos Fürze ziehen, während er meine Arme mit den Knien auf den Boden drückte. Außerdem gewöhnte er sich an, sich unter meinem Bett zu verstecken. Einmal, als ich gerade meine linke Hand im gewohnten Schraubzwingengriff um den Nacken unserer Katze legte, griff er nach meinen Fersen, quetschte meine Haut zusammen und flüsterte: »Du Schlampe.« Ich zog sein T-Shirt hoch und biß ihm in eine Brustwarze, bis sie blutete.

Meine Mutter, bei der wir uns anfangs noch übereinander beklagt hatten, hatte schon vor langer Zeit durchblicken lassen, daß sie nichts mehr hören wolle. »Wie Wölfe«, sagte sie. »Ihr seid wie ein Rudel Wölfe. Ich begreife euch nicht. Ich war ein Einzelkind und hätte einen Arm oder ein Bein für einen Spielkameraden gegeben.«

Aber meine Mutter wußte nicht viel von körperlichem Kontakt. Wenn man eine Hand in ihre Richtung streckte, wurde sie stocksteif und schien alle Tiefe zu verlieren. Sie wurde flach wie eine Pappkartonfigur, mit der für einen Film geworben wird.

Ich erklärte mich bereit, von nun an Nicolajs Nachhilfe zu übernehmen. Nach meinen Spaziergängen im Park setzte ich mich neben ihn und erklärte ihm unter anderem, woran man ein Partizip Perfekt erkennt und daß man, wenn man über etwas spricht, das man in der Zukunft zu tun beabsichtigt, genausogut das Präsens verwenden kann, weil es dort doch niemanden gebe, der das kontrollieren könne. Es war für mich eine Überraschung, daß es so einfach war, mal eine gute Schülerin mit einer schwachen Gesundheit, mal eine Herumtreiberin im Park und mal eine beherrschte Lehrerin zu sein.

Wenn ich mich während dieser Stunden zurücklehnte – als nähme jemand anders meine Rolle ein –, erzählte Nicolaj mir merkwürdige Geschichten.

Einmal hatte er mit ein paar Schulfreunden ein Feuer gelegt, ein anderes Mal Fensterscheiben eingeworfen, eine Alarmanlage ausgeschaltet und war eingebrochen. Oder er sagte, daß die Nachbarin, die zwei Häuser weiter wohnte, die mit den kurzen blonden Haaren, ihn ins Haus gerufen und gebeten habe, ihr den Rücken zu waschen. Oder er erzählte mit einem geheimnisvollen Grinsen, daß sich eine Stadtstreicherin in der Unterführung splitterfasernackt ausgezogen und ins Fleisch habe kneifen lassen. Daß ihr Bauch die Farbe von gekochtem Hühnerfleisch gehabt habe und daß ihr die fettigen, strähnigen Haare vor den Augen gehangen und nach Asche und Autoreifen gerochen hätten. Oder er fragte, ob ich wisse, wie er an den Pferdekopf gekommen sei. »Vom Schlachter«, erwiderte ich, und er nickte, fügte aber noch hinzu, daß er auch beim Schlachten dabeigewesen sei. Vor einem Monat war er mit einem grauen Müllsack in den Händen nach Hause gekommen und hatte den Schädel in den Vorgarten gerollt, wo dieser zwischen den Wurzelballen liegen geblieben war. »Vergraben, ein halbes Jahr lang liegenlassen, ausgraben, kochen und säubern.« Er hatte den Schädel noch am selben Tag in kochendes Wasser gelegt. Ich sehe den Topf mit dem dampfenden, siedendheißen Wasser auf dem Herd und den Schaum, der in grauen Flocken über den Rand trat, noch immer vor mir. Als der Schädel gesäubert und mit Alaun behandelt worden war, nahm er ihn mit nach oben und montierte Lampen in die Augenhöhlen, die abwechselnd aufleuchteten, wenn jemand die Tür öffnete. Als Eddie arglos das Zimmer betrat, hatte meine Mutter bis zum Abend alle Hände voll zu tun, um ihn wieder einigermaßen zu beruhigen.

Eines Nachmittags, als wir zwei allein zu Hause waren, weil mein Vater in die Stadt mußte, um Ölfarbe zu besorgen, und meine Mutter im Dorf Einkäufe machte, log ich ihm in einem geheimnisvollen Flüsterton vor, daß ich schon seit Monaten ein Verhältnis mit dem älteren, reichen Richter hätte, der das rote Herrenhaus am Rande von N. bewohnte. Jeden Donnerstagnachmittag erwarte er mich zwischen zwei und drei. Erst gebe es Tee und Scones, die er mit Heidelbeermarmelade aus einer Silberschale bestreiche. Dann würden wir uns gegenseitig füttern. Anschließend entferne er mit den Fingern die Marmeladenspuren von meinen Lippen, wickele mich in ein Tischtuch und überreiche mir ein Paar nigelnagelneue schwarze Nylonstrümpfe, die noch in knisterndes Zellophanpapier eingepackt seien und die ich erst ganz langsam an- und dann ganz langsam wieder ausziehen müsse. Manchmal ziehe er sie mir auch höchstpersönlich aus.

Ich erzählte, daß er eine weiße Perücke trage, die total verstaubt sei, und daß seine Frau vor ein paar Jahren tödlich verunglückt sei. Sie sei in einen Sturm geraten und von einer Brücke geweht worden. Nachdem man sie herausgeholt habe, hätte sich herausgestellt, daß sie beim Aufprall auf die Schleusentore die eine Gesichtshälfte verloren hatte. Ich sagte, daß er um mich herumscharwenzele wie ein Schwein um einen Trüffel und daß er mich »Memele« nenne.

Nicolaj sah mich an mit dem Hunger eines Gläubigen, der, obwohl im Hintergrund der Zweifel singt, erhobenen Hauptes und strahlend vor Überzeugung die Kirche betreten will.

Ich erzählte ihm nicht, daß ich ein paar Tage zuvor im Park dem Rattenfänger aus einem Impuls heraus meine linke Brust angeboten hatte. Warum, weiß ich nicht, aber ich schlug die Pelzjacke zurück, knöpfte die Bluse auf und bot ihm meine linke Brust an.

Nicolaj und ich konnten uns allmählich erzählen oder verschweigen, was wir wollten, mein Vater und meine Mutter reagierten kaum noch auf uns. Was sie sagten oder taten, hatte nichts mehr mit uns zu tun, sondern war abhängig von der Ebbe und Flut ihrer eigenen Stimmungen. Aus lauter Gewohnheit durchsuchte meine Mutter gelegentlich zwar noch die Schubladen in unseren Zimmern oder drehte unsere Schultaschen um (»Wofür brauchst du in der Schule Parfüm? Oder einen Ehering? Was um Himmels willen treibst du eigentlich die ganze Zeit?«), doch ihre Worte und Bewegungen waren zu Routine erstarrt. Ich konnte mir gut vorstellen, daß sie selbst dann, wenn sie den leichenblassen, blutleeren Kopf eines Lehrers in einer unserer Taschen gefunden hätte, diesen, ohne mit der Wimper zu zucken, an den Haaren herausgezogen und mit einer beiläufigen Bewegung in den Mülleimer geworfen hätte, ohne noch ein Wort darüber zu verlieren. Nicolaj kam jetzt noch häufiger zu mir aufs Zimmer. Um wilde Geschichten loszuwerden oder sich über Eddie zu beklagen.

»Er kann es einfach nicht lassen.«

»Was denn?«

»Alle Schranktüren öffnen, alle Schubladen herausziehen. Das Wasser läuft schon seit einer Stunde. Hört sich an wie der Niagarafall.«

Wir saßen mucksmäuschenstill da und hörten uns Eddies hektisches Poltern über uns an.

»Kannst du den Wasserhahn nicht irgendwie zuschrauben?« fragte ich.

»Und wenn ich pissen muß?«

Er verstummte und schaute sich schnell um. Wir kicherten, und ich zeigte ihm, wie ich schnüffelte.

Eines Tages wurde Eddie, der als letzter aus dem Bus gestiegen war und ein paar Jugendlichen an der Haltestelle von Theo erzählen wollte, zusammengeschlagen.

Er hatte ein paar Blutergüsse, und seine Zunge lag geschwollen in seinem Mund. Der Polizist, der ihn nach Hause brachte, betonte, es sei »reiner Zufall« gewesen, daß er in der Nähe war. Meine Mutter bat ihn herein und fragte ihn aus, während sie Eddies Lippen mit einem nassen Waschlappen abtupfte und im Verbandkasten herumwühlte. Wo er seine Ausbildung durchlaufen habe? Wie lange es gedauert habe, bis er allein Streife gehen durfte? Ob sie nicht zu zweit seien? Wo genau Eddie gestanden habe? Der Polizist fing an zu schwitzen. Gequält rief er: »Haben Sie bitte Verständnis für uns. Wir tun, was wir können!« Frostig sagte meine Mutter, daß sie allergrößtes Verständnis habe. Er sei in so großer Nähe gewesen, daß er Eddie gesehen und anschließend nach Hause gebracht habe, aber doch nicht nahe genug, um eingreifen zu können. Der Polizist sagte, daß sich ein Junge wie Eddie überhaupt nicht ohne Begleitung draußen aufhalten sollte.

»Jetzt schlägt's dreizehn!« rief meine Mutter und zog ihm die Kaffeetasse, die sie ihm gerade nachgefüllt hatte, abrupt wieder weg. »Was soll denn das heißen, der Junge sollte sich nicht ohne Begleitung draußen aufhalten? Sind Sie auch so einer, der immer die Eltern für alles verantwortlich machen will? Habe ich etwa kein Recht auf ein eigenes Leben? Wissen Sie, was es heißt, tagaus, tagein auf ein Rudel Wölfe aufpassen zu müssen?« Sie sprach mit tieferer Stimme. Wahrscheinlich würde sie ihm jetzt davon erzählen, wie Eddie beim Hausarzt auf den Behandlungstisch gepißt hatte. Oder von den hysterischen Anfällen, die er früher bekommen hatte, wenn sie seine Matchbox-Autos beim Staubwischen aus Versehen auch nur einen Millimeter verschob. Von dem Gynäkologen, der ihr Eddie nach der Zangengeburt kopfschüttelnd überreicht und nicht gratuliert hatte.

»Das dürfen Sie ruhig wissen«, sagte sie. »Ich liebe ihn, aber als er klein war, war er eine Katastrophe.« Eddie saß zufrieden daneben, als sie das erzählte, mit einer Unterlippe, die geschwollen war wie ein Gummischlagring. Er mochte es, wenn andere über ihn redeten. »Wie war ich früher?« pflegte er meine Mutter zu fragen.

»Oh, eine Katastrophe. Wenn du wütend warst, hast du den Gasheizofen mit einem einzigen Ruck aus der Wand gerissen.«

»Ich habe den Gasheizofen aus der Wand gerissen«, sagte er im Bus oder im Einkaufszentrum. Niemand reagierte. Alle sahen zur Seite oder auf den Boden. Keiner wußte, wie stark man sein mußte, um unseren Ofen aus der Wand zu reißen.

Ich dachte an das eine Mal, als er mich gerufen hatte. Ich kam nach oben, und er hielt den Zeigefinger verschwörerisch an die Lippen.

»Mara, komm mal her.«

Als er die Schranktür öffnete, schlugen die Schuhe

wie eine Flutwelle über uns zusammen. Halbhohe Armeestiefel mit beschädigten Sohlen, vom Schimmel angefressen wie feuchtes Papier. Er hatte jedes Paar an den Schnürsenkeln miteinander verknotet.

»Du kannst nicht einfach alles sagen, was dir gerade einfällt, Eddie«, sagte meine Mutter.

»Jaaa, Mama.«

»Früher oder später schlagen sie dir wirklich den Schädel ein.« Sie machte den Verbandskasten zu und faltete den Waschlappen zusammen.

»Jaaa, ist mir schon klar.«

»Halt auf der Straße bitte den Mund. Ich kann nicht immer in deiner Nähe sein.«

»Nnneinnn, Mama.«

»Eines Tages bin ich tot. Ich habe kein ewiges Leben.«

»Das hoffe ich aber nicht, Mama«, sagte mein Bruder. »Das hoffe ich nicht.« Ein Schatten überzog sein Gesicht, und er blieb lange bei ihr am Tisch sitzen.

Theo kam vorbei und brachte eine spindeldürre Blondine mit, seine Verlobte, die zart und zerbrechlich wie eine Glasfaser am Tisch saß, in einem sehr teuren Kleid, aus dem das Etikett auffällig hervorlugte. Theo hatte sie, Louise, bei einem Tanzabend kennengelernt. Mit vor Höflichkeit verkrampfter Zunge erkundigte sich meine Mutter nach ihrer Familie. Als dabei herauskam, daß sie die wohlbehütete und nicht unbemittelte Tochter eines Offiziers war, brachte meine Mutter kein Wort mehr heraus. Sie hatte sich uns gegenüber oft über die Schrekken ihrer vaterlosen und armseligen Jugend ausgelassen und steckte sich nun, durch soviel Ungerechtigkeit aus der Fassung gebracht, eine weitere Zigarette an, obwohl die erste im Aschenbecher noch vor sich hinglomm.

Eddie, der sich von der Verlobten nicht irritieren ließ, schob seinen Stuhl neben den von Theo und sah ihn glückselig lächelnd an. Er strahlte, weil Theo wieder da war. Ich fragte mich, wann es angefangen hatte. An welchem Tag war ihm sein eigener Körper nicht mehr genug gewesen?

Nervös auf seinem Stuhl hin und her rutschend, brachte Theo das Gespräch auf Erda. Er sagte, daß mit ihren Nieren etwas nicht in Ordnung sei. Sie sei sehr krank und müsse dauernd Medikamente nehmen, die sie nicht nur benommen machten und Kopfschmerzen verursachten, sondern von denen sie auch noch einen unangenehm riechenden Ausschlag bekommen habe.

Sie könne kein Sonnenlicht mehr vertragen. Er besuche sie jede Woche, und jedesmal frage sie nach Vater. Ich hatte inzwischen ein dunkles, deutsches Zimmer vor Augen, an den Wänden hohe schwarze Schränke mit goldenen Griffen, ein Klavier, das niemals geöffnet wurde, und in der Mitte ein gewaltiges Bett auf Holzklötzen, in dem Erda lag, formlos wie eine riesige Kartoffel, die Hände auf der Bettdecke.

Als sie sich nach einem Teller Hühnersuppe wieder aufgemacht hatten und Eddie, enttäuscht über die Kürze des Besuchs, sich in sein Zimmer im Dachgeschoß zurückgezogen hatte, platzte meiner Mutter der Kragen.

»Fängt der mit diesem weltfremden Pflänzchen hier am Tisch doch tatsächlich von *ihr* an.«

Mein Vater hörte sie nicht, sondern sah sich verzweifelt um. »Was meinst du«, sagte er zögernd, »sollte ich nicht doch endlich mal anrufen?«

»Sie will dich sehen«, sagte meine Mutter, während sie das Tischtuch wütend zusammenlegte. Ich musterte die Krümel, die auf den geblümten Teppichboden gefallen waren. Wenn sich in unserem Haus jemand verirren sollte, konnte er auf jeden Fall der Krümelspur folgen.

»Sie will dich sehen und noch mal über alles reden.«

»Ich bin schließlich mal mit ihr verheiratet gewesen.« Mein Vater bückte sich und hob ein Stückchen Brot auf.

»Ich gehe doch auch nicht auf eine Tasse Kaffee zu *meinem* Ehemaligen.«

»Das ist etwas ganz anderes. Das war ein Zuhälter«, sagte mein Vater unerwartet heftig. Er hatte einen großen, rötlich-violetten Fleck auf dem Hemd. Mangan Ultra. Es sah aus wie eine Wunde in einem zweitklassigen Theaterstück.

»Er war wenigsten ehrlich.«

»Er hat dich mir nichts, dir nichts auf die Straße gesetzt.«

»Ich habe keine Angst vor der Straße«, sagte meine Mutter in anmaßendem Ton. »Ich habe noch nie Angst vor der Straße gehabt. Ich brauche mich nicht zu schämen. Die Straße ist prima, was mich betrifft.«

»Verdammt noch mal, Tonette, manchmal wünschte ich, ich hätte dich stehengelassen.«

Mein Vater stapfte erregt in die Küche, mit bebenden

Wangen und wieder mit diesem Flackern in den Augen. Bevor ich eingreifen konnte, hatte er sich gebückt, und schon flog der Freßnapf unserer Katze durch die Luft. Ein silbergrauer Klumpen klatschte gegen die Wand.

»Nur zu«, rief meine Mutter, »schmeiß den Hering ruhig an die Wand.« Fasziniert betrachteten wir die Schleimspur, die der nasse, klebrige Hering an der Wand zog.

»Wie kommt dieser Hering übrigens in den Napf?« fragte sie. »Den hat Eddie doch heute mittag für dich mitgebracht.«

Mein Bruder brachte am Ende jeder Arbeitswoche einen Hering für meinen Vater mit, den er, obwohl sich auch an unserer Haltestelle eine Fischbude befand, beim Heringsstand am Bahnhof kaufte, so daß er ihn während der Rückfahrt im Bus bei sich hatte und sich sicher sein konnte, einen freien Sitzplatz zu finden. Mein Vater versetzte dem Freßnapf einen Tritt. »Ich hasse Heringe wie die Pest. Der Geruch widert mich an, und ich kriege Sodbrennen von ihnen.«

»Das wird ja immer bunter«, sagte meine Mutter empört. »Und uns erzählst du immer, du wärst ganz verrückt nach Hering.«

Wenn wir ihm etwas Gutes tun wollten, brachten wir ihm einen Fisch mit, froh darüber, daß wenigstens einer seiner Wünsche nach all den Jahren fest umrissen vor uns lag.

»Menschenskind!« rief er mit überkippender Stimme. »Das erste Mal habe ich ihn doch nur gegessen, weil Eddie ihn nun mal mitgebracht hatte.«

»So ein Blödsinn«, sagte meine Mutter. »Das ist doch gegen jeden gesunden Menschenverstand.«

»Du bist seit zwanzig Jahren mit mir verheiratet«, sagte mein Vater. »Du könntest allmählich wissen, wie ich bin.« Er nahm den silbernen Klumpen vom Fußboden und warf ihn in den Mülleimer. Dann wusch er sich lange die Hände. Eine Woche später riß meine Mutter Eddie den Hering aus den Händen, warf ihn in den Garten und schlug gegen den Mülleimer, um die Katzen in der Nachbarschaft zu alarmieren.

Es wurde schnell kälter, und vom Himmel, der aussah wie Eisen, schien eine Sonne, die so blaß war, als richte jemand eine Taschenlampe von hinten gegen einen mattgrauen Vorhang.

Dort, wo der Rattenfänger und ich uns im Sommer und Herbst zuvor getroffen hatten, waren alle Bäume abgeholzt worden. Der Grund für diesen radikalen Eingriff der Gemeindeverwaltung in den Baumbestand war die kurz zuvor ausgebrochene Ulmenkrankheit. Die Panik war so vollkommen gewesen, daß aus der alten Allee, die mich, den Blicken der Außenwelt entzogen, einst zum Teich geführt hatte, ein kahler Weg geworden war, der an beiden Seiten von halbhohen Baumstümpfen flankiert wurde und freien Ausblick auf Rasenflächen, Fahrradwege und einen mit Maulwurfshügeln übersäten Sportplatz mit schlaff herunterhängenden grünen Netzen bot.

Ich blieb bis zum Einbruch der Dämmerung im Park. Auf dem Nachhauseweg kam ich an Querelles Friseurladen vorbei, der am Handelskai lag. Querelle, ein Italiener, hatte als erster davon profitiert, daß die beiden Dörfer aufeinander zuwuchsen. Quasi als Willkommensgeschenk ließ er farbige Flugblätter verteilen, in denen er bei allen Zugezogenen mit einem Rabatt auf Haarewaschen und -schneiden warb und die damals sehr beliebte Dauerwelle zu einem Spottpreis anbot.

Ich war schon oft an Querelles Laden vorbeigekommen. Ich hatte gesehen, wie er ausgeräumt, aufgefüllt und umgebaut worden war. Der dunkle, schlauchförmige Laden hatte sich nach zweimaligem Umbau in einen glänzenden, über einen italienischen Leisten geschlagenen Palazzo verwandelt. Neapelgelb und Mailandrot an den Wänden. Einmal kam Querelle auf die Straße gerannt und hielt mich fest. Er nahm ein Büschel meiner hochgekämmten Haare zwischen die Finger und betrachtete sie tieftraurig, wie jemand, der in seinem Wein ein paar Stückchen vom Korken treiben sieht.

»Komm schon herein, dann werden wir dein Haar mal richtig auskämmen, mit einer Pflegespülung behandeln und schneiden. So schönes, dunkles Haar. Wie bei deinem Bruder.«

Es war halb sieben, doch in dem Friseurladen brannte noch eine Wandlampe, was einigen Waschbecken etwas Würdevolles und Beruhigendes verlieh, als befänden sie sich schon seit Hunderten von Jahren hier. Ich war mir fast sicher, daß die Gestalt mit dem dunklen Haar, die ich nur undeutlich wahrnahm, Nicolaj war. Er saß auf einem der hellblauen Stühle, und Querelle, der hinter ihm stand, schnitt meinem Bruder die Haare. Er hielt ihm die stumpfe, glatte Seite einer Schere an den Nacken und schnitt dort ein wenig nach. Ich konnte sogar sehen, wie ein paar Haare auf den Boden fielen. Ich drehte den Kopf zur Seite. Der Kanal, der parallel zum Kai verlief, wirkte wie ein großes, längliches Fenster, ein gläsernes Dach, ein Schirm, unter dem sich alles, wenn auch seitenverkehrt, noch einmal befand. Ich hatte den Rattenfänger schon eine ganze Weile nicht mehr gesehen, doch wenn ich ihm noch mal begegnete, könnte ich nicht noch einmal tun, was ich damals getan hatte. Ich könnte ihm meine rechte Brust anbieten, ich könnte mich ausziehen, doch wären keine Bäume mehr da, um eine Mauer um uns zu bilden, und alles, was ich jetzt noch tun würde, wäre die Folge einer bewußten Entscheidung und keine zufällige Tat.

III

Traumpaar

Die Suche meiner Mutter nach einer Behindertenwohngemeinschaft für Eddie war schließlich erfolgreich. Einen Monat lang ging er an den Wochenenden hin und erzählte uns aufgeregt von dem riesigen Wohnzimmer, dem Schlafzimmer, der gigantischen Küche und vor allem davon, daß man ein Haustier halten dürfe, eine Möglichkeit, die ihn, da er von seinen geliebten Schuhen nur ein einziges Paar mitnehmen durfte, besonders beschäftigte.

Als er weg war, zog in unser Haus eine ungewöhnliche Stille ein. Meine Mutter richtete Theos Zimmer, das die ganze Zeit über leergestanden hatte, nun tatsächlich als Hobbyraum ein. Sie brachte noch mehr Bücher hinauf, trieb einen Schrank auf, so daß sie sie nicht ständig sehen mußte, und stellte ein Gästebett in das Zimmer. Ich glaube aber, daß sie selbst dort schlief; ich hörte meinen Vater nämlich regelmäßig an die Tür klopfen, wenn er ihr das Frühstück auf einem Tablett nach oben brachte. Nicolaj, der erleichtert war, endlich die Dachkammer für sich allein zu haben, reckte und streckte sich. Er war länger und schlanker geworden. Ging er noch zu Querelle? Ich fragte ihn nicht danach, traute mich einfach nicht, und auch er erwähnte es mit keinem Wort. Wahrscheinlich nicht, jetzt, nachdem er die Jungs kennengelernt hatte. Sie waren nicht älter als sechzehn oder siebzehn, und Nicolaj (der sich auf der Berufsfachschule zu einem Virtuosen auf technischem Gebiet entwickelt hatte und in der ganzen Nachbarschaft defekte Fernseh- und Radiogeräte, Kühlschränke und Waschmaschinen reparierte, was ihm neues Selbstvertrauen gab) entwickelte sich zu einem freundlichen, umgänglichen Gastgeber. Er bot den Jungs, von denen die meisten wie er zur Berufsfachschule gingen, während der Rest die Technische Oberschule besuchte, großzügig seine Dachkammer an.

Waren die Jungs, von denen die meisten in den beiden Dörfern wohnten, die N. umklammerten, etwa der Leim, der uns Zurückgebliebene zusammenhielt? Von dem Moment an, als sie in unser Haus kamen, lebten wir alle auf. Sie saßen wie junge Stierkämpfer um den Tisch herum und erfüllten unser Haus mit Elektrizität. Sorgfältig gekleidet, eine Halskette umgelegt, rannte meine Mutter klirrend die Treppe rauf und runter, die Arme vollgeladen mit Getränken und Kleinigkeiten zum Essen. Im Wohnzimmer quetschte sie Geschichten aus den Jungs heraus wie Wasser aus Schwämmen. »Ihr könnt mir *alles* erzählen, ich wundere mich über *gar nichts* mehr.« Und die Flecken und Streifen auf dem Hemd meines Vater nahmen immer groteskere Formen an. Er machte den Jungs mit Farbe an den Händen die Tür auf. Das Hemd hing ihm aus der Hose, die Pinsel trug er wie Nelken im Knopfloch; es war, als würde er erst jetzt zu einem *richtigen* Maler und Erzähler. Ein Mann, der nach seinen eigenen Worten in seinem ganzen Leben nur zwei Leidenschaften gehabt hatte: meine Mutter und die Malerei.

»Ja, Jungs«, pflegte er zu sagen, sobald sie am Tisch saßen, »ihr seid noch zu jung und werdet das noch nicht verstehen, doch die Liebe ist wie der brennende Dornbusch.« Er tauchte den Pinsel tief in Ultramarin. Gewissenhaft zog er die Schatten nach, die die Falten in einer molligen Taille darstellen sollten. Nicht mehr lange, und er würde durch die Leinwand ins Bild fallen. Dann würde ihn die Dame an ihre Brust drücken und sagen: »Pjoter, alle rennen davon und lassen mich hier zurück. Du aber hast Sturm und Hagel, Wind und Schnee immer getrotzt und bist mir darum das Liebste auf der Welt.«

»Ich war ein schmächtiger, blonder Knabe, der gerne malte«, sagte er, während er den Jungs Bier nachschenkte. »Das meiste mußte ich jedoch zerreißen oder verstecken, denn den Körper einer Frau zu malen, das war zu jener Zeit eine Todsünde.« Er zeigte ihnen seine Gemälde und legte seine Kunstbücher aufgeschlagen auf den Tisch.

Wie oft bin ich nach oben gegangen und habe mich umgezogen? Wie oft habe ich gewartet, bis sie an meinem Zimmer vorbeikamen? Wie oft stand die Tür zufällig offen und zeigte der Spiegel über dem Frisiertisch zufällig meinen nackten Oberkörper? Als Vorbereitung auf diese Abende schloß ich mich im Badezimmer ein und weichte mich solange in heißem Wasser ein, bis ich rot war wie ein Krebs und am ganzen Körper ein paar Millimeter an Umfang zugenommen hatte.

Meine Mutter machte es sich zur Gewohnheit, ihnen an den Wochenenden die Hintertür zu öffnen. Dabei trug sie eine Trophäe, die sie aus ihrer ersten Ehe mit Hugo mitgebracht hatte, dem Mann, den sie – nicht ohne Verständnis und Sympathie – noch immer als »Elster« zu bezeichnen pflegte. Es handelte sich um einen Morgenmantel aus Seide, ein wenig verschlissen zwar, aber prachtvoll bestickt. »Er hatte nun einmal eine Vorliebe für alles, was glänzte.« Der Morgenmantel war so glatt, daß man ihn nicht richtig zuknoten konnte. Eines Tages, sie stand gerade in der Tür, fuhr ihr der Wind unter die Mantelschöße, die sich aufblähten wie die Blätter einer Blumenzwiebel. Der Gürtel ging auf – und da stand meine Mutter im Morgenwind, der ihr über die Härchen auf dem nackten Bauch und den Beinen strich.

»Oh je, daß mir ja keiner guckt!« rief sie laut.

Die Jungs guckten, und sie war glücklich.

Samstags und sonntags bastelten sie auf dem Plattenweg in unserem Garten an ihren Mofas herum. Während sie zwischen fleckigen Putztüchern, Schraubenziehern und Gabelschlüsseln saßen, drehte ich oben in meinem Zimmer meine Arme mit der weißen Innenseite nach außen und folgte gefesselt dem Lauf der Adern, die ich mit blauem Lidschatten nachgezogen hatte. Dabei drangen mir Fetzen ihrer sperrigen und unergründlichen Gespräche ans Ohr.

Nach ihrer Bastelstunde streckten sie sich nebeneinander auf dem filzigen Teppichboden in der Dachkammer meines Bruders aus. Unter dem von einer Wand zur anderen gespannten Fischernetz mit dem kalkweißen Pferdeschädel hörten sie Musik. Das Zimmer entwickelte sich schnell zum Treffpunkt von Freunden, die Bekannte mitbrachten, die wiederum andere Jungs kannten – und einer davon war Helmi, der Junge, für den ich mich, die Tür einen Spaltbreit geöffnet, schweigend ausgezogen habe.

Helmi trug schwarze Stiefel und eine mit Fellzotteln bestickte Jeansjacke. Er kam zu uns zusammen mit seinen beiden Brüdern.

Helmi hatte Akne. Die Pickel wucherten auf seinem Gesicht wie Pilze auf nassem Holz, und er war von einer Duftwolke aus Teerseife und Schwefel umgeben. Manchmal hatte seine Haut im flackernden Licht der Dachkammer etwas Gruseliges, aber wenn er unter dem Pferdeschädel saß und das rote Licht auf ihn fiel, war sein Gesicht wieder ebenmäßig. Seine Familie kämpfte mit Hautproblemen wie meine Familie mit der Liebe. Wie seine Mutter, die ich erst später kennenlernen sollte, sagte, war es nach dem Bau von N. noch viel schlimmer geworden. Sie gab den Staubwolken, die während der Bauarbeiten entstanden waren, und den gewaltigen Halden von Bauschutt, die monatelang auf den Abtransport hätten warten müssen, die Schuld. »Dagegen ist kein Kraut gewachsen«, sagte sie, als selbst die Salbe, die nachts zentimeterdick auf Helmis Haut lag, nicht verhindern konnte, daß die Akne mit der Energie von Klatschmohn blühte.

»Was will die bloß von dem Pickelgesicht?« schnappte ich in der Schule auf, wo ich mich in der Zwischenzeit völlig von meinen Klassenkameraden zurückgezogen hatte. Trotzdem kam nach dem Unterricht der eine oder die andere zögernd zu mir, um mir zu sagen, sie fänden es große Klasse, daß ich nicht nach dem Äußeren ginge.

Diese Idioten. Es war nicht trotz, sondern wegen der Akne.

Daß er mir gehören würde, war mir vom ersten Tag an klar, an dem ich ihn traf. Ich sah es an seinen Armen und Beinen, die die Spuren eines stürmischen und plötzlichen Wachstumsschubes trugen. Ich merkte es an seinen leicht herunterhängenden Schultern und hörte es an seiner Flüsterstimme. Wie eine Chemikerin destillierte ich es aus dem Eifer, mit dem er mir zuhörte. Er war ein Jahr älter, ging zur Technischen Oberschule und gab nach einem Monat vorsichtig zu, noch nie mit einem Mädchen geschlafen zu haben. Als hätte ich das nicht gewußt. Als wäre mir das nicht gleich klar gewesen, und als hätte ich es mir nicht gerade deswegen zur Gewohnheit gemacht, meinen Kopf auf seine Beine zu betten.

»Laß uns noch ein bißchen warten«, sagte ich und legte meine Hand auf das Stückchen Stoff, das beinahe zu platzen drohte, weil sich darunter etwas loszureißen versuchte. Ein angeleinter Jagdhund.

»Wenn du nur nicht vergißt, daß ich nicht verliebt bin«, rief ich. »Du kennst nur mich«, sagte ich. »Aber ich habe schon andere vor dir gehabt.« Immer wenn ich Wörter wie »andere«, »Kummer« oder »verliebt« aussprach, hatte ich das Gefühl, als hielte ich meine Hand in einen Tümpel, aus dem ich herausholen konnte, was ich wollte (allerdings hatte sich das Wasser an der Oberfläche allmählich so eingetrübt, daß ich keine Ahnung hatte, was meine Hände anfaßten).

Gnädig erlaubte ich ihm, mich im Nacken zu kraulen und zu streicheln. Schon bald ging er nur noch weg, wenn er Unterricht hatte oder zum Essen nach Hause mußte; jedesmal kehrte er jedoch so schnell zu mir zurück, daß der Platz, an dem er gesessen hatte, noch warm war. Aus Respekt vor Nicolajs Gastfreundschaft waren in einer Art unausgesprochener Übereinkunft einige Abende für die Jungs reserviert. Dies bedeutete, daß ich mich – bevor ich die Treppe zu Nicolajs Dachgeschoß hinaufstieg, um mich dort beiläufig, beinahe zufällig neben Helmi niederzulassen – zwischen sieben und neun auf mein Zimmer zurückzog.

Ob er nun zu mir oder zu den Jungs kam, die Stunden davor widmete ich der »Vorbereitung«. Wie Gläubige mit Kelchen, Wein, Hostien und beschwörenden Texten voller Wiederholungen Gottes Existenz eher erzwingen, statt von vornherein von ihr auszugehen, so zielten meine Handlungen, meine Rituale vor allem darauf ab, zu beweisen, daß es etwas gab, das das Zelebrieren dieser Rituale verdient hatte. Endlos bürstete ich mir die Haare und rasierte mir die Beine, um sie anschließend einzucremen. Zum Rasieren benutzte ich das Rasiermesser meines Vaters. Da ich immer wieder vergaß, es anschließend wieder abzuwaschen, holte er sich damit eine Infektion, einen Grind an Mund und Kinn, der sich als besonders hartnäckig erwies.

Während die anderen Jungs mit dem Bauch oder mit dem Rücken auf dem Boden lagen und fernsahen oder Musik hörten, streichelte Helmi mich endlos und kraulte mich im Nacken, wie man eine Taube unter dem Kropf krault.

Während ich redete, öffnete ich das geschliffene Fläschchen, das ich am Gürtel hängen hatte, und ließ in Helmis Nähe tropfenweise Vergangenheit fallen. Karmesinrote Tropfen, wie Parfüm in einem Glas Wasser. Ich erzählte ihm von dem Leben im Obergeschoß eines alten zweistöckigen Hauses, von der Geschäftsstraße, an der wir gewohnt hatten und in der ich jeden Tag über der Öltonne im Farbengeschäft der Nachbarn gehangen hatte (bis meine Mutter im Fernsehen einen Bericht über Klebstoffschnüffler in Mexiko-Stadt sah), und davon, wie anders mir das Leben in N. vorkam. Wie viele Tage ich gelangweilt auf dem Teppich gelegen und die Tapete gemustert hatte, bis ich in den Flecken Gesichter erkennen konnte. Oder aus dem Fenster gestarrt hatte, in den umgegrabenen Garten, auf den Weg, der hinter dem Haus angelegt wurde, von Straßenarbeitern, die in ihren gefütterten Jacken wie Bären aussahen. Ich erzählte ihm, daß ich einmal einen ganzen Vormittag über dem folgenden Plan verbracht hatte: Was wäre, wenn ich, ein »Shogunmesser« aus dem Neckermannkatalog in der Hand, in ein x-beliebiges Haus auf der anderen Straßenseite eindringen würde, um dort den erstbesten, der mir begegnen würde, niederzustechen...

»Ach du meine Fresse«, sagte Helmi und sah mich mit einem Blick an, in dem sich Abscheu und Interesse mischten. »Warum?«

»Darum geht es nicht«, sagte ich. »Die Frage ist, ob mich jemand verdächtigen würde.« Verborgen hinter seiner ersten Reaktion lauerte, wie ein Dieb, der auf eine günstige Gelegenheit wartet, die Neugierde. Dann erzählte ich ihm von dem Mann mit dem Messer, von der Mitfahrgelegenheit im Schnee, von Loris Buckel, von Theo, von Eddies Schuhsammlung und von Nicolaj, der kurz vor dem Umzug mitansehen mußte, wie sein bester Freund auf der Schnellstraße, die am Hotel entlangführte, überfahren wurde, von meinem Vater, dessen Ausstellung abgesagt worden war, und von meiner Mutter.

Zu meiner eigenen Überraschung hörte sich meine Geschichte immer mehr wie eine Tragödie an. Ich wollte ihm sagen, daß es – obwohl das meiste von dem, was ich ihm erzählte hatte, wirklich passiert war – trotzdem nicht wahr war. Daß es keinerlei Auswirkungen auf mich gehabt hatte: Alles hatte mich total kalt gelassen.

»Echt, das kannst du mir glauben«, sagte ich. »Wenn ich morgen in der Zeitung lese, daß Lori nicht mehr lebt, ist mir das scheißegal. Und vor dem Mann mit dem Messer hatte ich absolut keine Angst. Ehrlich gesagt, ich verstehe nicht, warum ich das nicht schon längst vergessen habe.«

Helmis Stimme war leise, beinahe dünn. Bisweilen wirkte er, als hätte er Angst vor den von ihm erzeugten Geräuschen. Es gibt Menschen, die sich selbst nicht ertragen können, denen alles zuviel ist und die sich dahinschleppen wie ein Sack Kartoffeln. Anfangs machte mir das nichts aus. Ich unternahm keinen Versuch, ihn zu verstehen, sondern hörte das, was ich hören wollte, und er wurde zum Dichter, ohne sich dessen bewußt zu sein.

Seine mehr als deutliche Hingabe beachtete ich nicht, sondern tat, als fiele sie mir nicht auf, oder verspottete ihn deswegen.

Helmi, so beschloß ich, war *mein* Geschenk. Mein mir von höherer Stelle gesandtes Präsent. Eines Tages würde ich ihn vorsichtig aus der Hose schälen, so wie man einen Kohl entblättert. An jenem Tag, der schon so klar vor mir lag wie ein weißes Leintuch auf einem Bett, in dem noch niemand geschlafen hat, würde er hell und groß auf dem Boden liegen, eine Fussel im Bauchnabel, die hellgrünen Augen aufgerissen und, wenn möglich, ein wenig erschrocken.

»Helmi«, würde ich sagen.

»Ja?«

»Liebst du mich wirklich?«

Er würde mir keine Antwort geben. Das konnte er auch nicht, denn meine Lippen würden sich auf seine pressen. Meine Haare würden ihm über Brustkorb und Wangen fallen. Ich säße auf ihm, würde seine Arme mit den Knien auf den Boden drücken und ihn so umklammern, daß es keinen Ausweg mehr für ihn gäbe.

Ich fand es angenehm, daß er nervös zu schwitzen anfing, wenn ich mich dicht neben ihn setzte.

»Das ist wirklich der schüchternste Junge, der mir jemals begegnet ist«, sagte meine Mutter. »Irgendwann kriegt der vor lauter Schreck über sein eigenes Spiegelbild noch mal einen Schlaganfall.«

»Schüchternheit ist doch nichts Schlimmes«, sagte mein Vater, dem vor kurzem aus Versehen entschlüpft war, daß er Erda auf eine Kontaktanzeige hin kennengelernt habe und sie ihr erstes Stelldichein in einem Eissalon gehabt hätten.

Mein Vater sah mich mit wiedergewonnenem Vertrauen und einem beifälligen Blick an. Er hatte uns begrüßt wie ein Traumpaar, und manchmal hatte es den Anschein, als wären wir die potentiellen Käufer eines Hauses, das in höchstem Maße reparaturbedürftig war. »Mein Kind« nannte er mich, aber auch, mit einigem Stolz – als hätte er mit Erda zusammen nicht schon eine Tochter –, »meine *älteste* Tochter«.

An den Sonntagen, an denen wir nun wieder ausgiebig zu Mittag aßen, saß Helmi als Ehrengast zwischen Nicolaj und mir, gegenüber meinem Vater und meiner Mutter, die ankündigte, gerne alles über ihn wissen zu wollen. Zwischen Suppe und Hauptgericht streckte sie den Arm herüber und legte kurz ihre Hand auf die seine. »Ich werde nicht lange drum herumreden«, sagte sie lächelnd. »Denn ich bin nicht so wie andere Mütter, die in ihren Kindern nur das Beste sehen. Mara ist nicht gerade pflegeleicht.« Ich leckte meinen Löffel ab und lächelte unschuldig.

Manchmal brachte er Pralinen für sie mit, in einer goldfarbenen Verpackung mit einer Schleife. »Oh«, gurrte sie, die Lippen zärtlich um die »Nougat Intensive« gehüllt, »das ist wirklich schon lange her.« Obwohl ihr mein Vater jede Woche mindestens vier Tafeln Milchschokolade mitbrachte.

Als wir uns schon vier Monate kannten und auch schon miteinander gingen – etwas, das zu unserer unausgesprochenen Erleichterung nicht mehr gestoppt oder rückgängig gemacht werden konnte –, nahm Helmi mich zum ersten Mal mit zu sich nach Hause. Seine Eltern wohnten gegenüber einer Abbruchfirma mitten im Zentrum von R., in einem rotbraunen Backsteinmoloch, den sein Vater vor zehn Jahren eigenhändig gebaut hatte und der Orkanen, Überschwemmungen und Erdbeben trotzen könnte.

Helmi half mir gerade, die ledernen Schaftstiefel auszuziehen, als seine Mutter in die Küche kam. Sie hatte meine Pelzjacke zwischen den Fingern und meinen abgebrochenen Absatz in der Hand. Vielleicht hatte ich etwas zu viel Schwarz um meine Augen aufgetragen, vielleicht waren meine Haare etwas zu wild toupiert – jedenfalls suchte sie, als sie mich erblickte, taumelnd an der Anrichte Halt. Ich kannte ein paar Kinder, die in Tränen ausbrachen, wenn sie mich sahen. Andere wiederum blieben fasziniert stehen, um mich prüfend zu mustern. Irgendwie waren gerade das immer die Kinder, die ich mochte, deren Eltern aber zu jammern pflegten, daß man mit ihnen nichts anfangen könne.

Helmi stand neben mir wie ein Seefahrer, der gerade ein Faß voller kostbarer Gewürze aus Niederländisch-Indien mitgebracht hatte. Helmis Mutter hatte einen kleinen Kopf, eine fleckige Haut und einen Mund, der mich stark an den Verschluß einer altmodischen Damenhandtasche erinnerte. Mit leichtem Widerwillen ergriff sie meine Hand und sagte: »Helmis Mutter.« Als wäre damit alles gesagt – und vielleicht war das ja auch so.

Beim Kaffeetrinken hörten wir mit einemmal einen harten Schlag gegen die Fensterscheibe und anschließend einen dumpfen Plumps. Sie unterbrach das Gespräch (Woher ich komme? Wo ich wohne? Was für eine Schule ich besuche?) und ging hinaus. Kurz darauf kam sie mit einer Möwe in der Hand zurück. Sie schüttelte sie, und der Kopf schlenkerte schlapp und kraftlos hin und her. »Mit der kann man keinen Blumentopf mehr gewinnen«, sagte sie und drehte dem Vogel das Genick um, als würde sie eine Flasche zuschrauben.

Mir wurde schlecht, und ich rannte auf die Toilette. Als Helmis Vater das Haus gebaut hatte, hatte er sich mit der Schallisolierung offenbar keine besondere Mühe gegeben; als ich gerade ein Blatt Klopapier von der Rolle abriß, hörte ich Helmis Mutter sagen, so deutlich, als säße sie neben mir: »Mein lieber Junge, das ist doch nicht das richtige Mädchen für dich. Die packt ihre Sachen, sobald sie kann. Aufs *Gymnasium*!« Sie sprach es aus, als hätte sie eine Schmeißfliege verschluckt. »Die macht dich nur unglücklich. Die hat Feuer im Hintern, das sieht man doch gleich. Die läßt dich eins, zwei, drei fallen.«

Diese Bemerkung machte mich besonders nervös, als hätte sie Einblick in ein Buch, das mir verschlossen blieb. Als wäre ich nicht mehr als ein Absatz, dem sich andere, unvermeidliche und allbekannte Absätze anschließen.

Am nächsten Tag schlief ich mit Helmi.

Wir waren auf meinem Zimmer, und ich half ihm, das T-Shirt auszuziehen. Sein Bauch wölbte sich leicht über den Rand seiner Hose. Außer an seine Ungeschicklichkeit, die mich jedoch vor allem zärtlich stimmte, wie ein leichtes Rauschen im Hintergrund, erinnere ich mich hauptsächlich an die Riffe seiner Rückenwirbel, die sich unter der Haut erhoben und in seinem festen Nacken in eine Unebenheit mündeten. Und an sein Glied, das sich steif und mächtig aufgerichtet hatte, so daß es einer geöffneten Zugbrücke ähnelte.

Sein Körper war mir sofort so vertraut, daß es mich wunderte, nicht schon früher in der Lage gewesen zu sein, vorherzusagen, wie er nackt aussah. Als meine Finger über seinen Rücken glitten, überzog ihn eine Gänsehaut wie nach einem Windstoß. Leicht erschauernd beugte er sich immer weiter vornüber und nahm eine Haltung ein, die nach meinem Dafürhalten ziemlich unbequem sein mußte. Trotz allem erinnere ich mich aber nicht an Begierde oder Lust. Nur an das Beugen seines Rückens unter meiner Berührung, an die Stille, die irgendwo tief in seinem Körper steckte.

Den größten Genuß bereitete mir die Wirkung meiner Fingerspitzen auf seiner Haut. Helmi, der nackt bei mir unter der Decke lag und gehorsam schnüffelte, wenn ich eine Hand über seine Augen legte, ihm das Fläschchen Griffin Picture Varnish unter die Nase hielt und ihm befahl zu inhalieren.

Helmi trug mich auf Händen. Nach dem Unterricht wartete er auf dem Hof, vornüber auf das Lenkrad gestützt, den zweiten Helm in der Hand. Die Frage, warum ich mich nicht so nach ihm sehnte, wie er sich offenbar nach mir, war nicht mehr als ein leichtes Brummen. Vorläufig war das von vielem das Beste: Ich saß hinter ihm auf dem Mofa, die Finger in den Gürtelschlaufen seiner Hose, die Nase gegen seinen Rücken gepreßt. Das Mofa bebte, und der Wind blies mir mit voller Kraft ins Gesicht. Wir fuhren an den Häusern mit ihren Gärten voller zurückgeschnittener Bäume, Goldregen und Efeu vorbei. Am Kai vorbei über die Brücke. Mal durch das eine, mal durch das andere Dorf, die Umgehungsstraße entlang und über den Lek. Die Stille wurde nur von dem Knattern von Helmis Mofa gestört. Mücken zerplatzten auf dem Visier meines Helms.

Bei ihm zu Hause schlichen wir an den Kaninchenställen entlang, die Treppe hinauf und am Zimmer seiner Eltern vorbei. Dort lag sein Vater wie eine Robbe auf dem Rücken, und seine Mutter, die dessen Schnarchen langmütig ertrug, las einen Heimatroman. Eine Woche zuvor hatte sie gesagt: »Dann müssen wir uns halt auf deinen gesunden Menschenverstand verlassen.« Wir stiegen weiter hinauf bis zum höchsten Zimmer, dem Zimmer unter dem Dachfirst, dem Turmzimmer, wo ich mich auszog und mich über Helmi beugte. Seine Augen waren grün, so grün wie die Töpfe, deren Etiketten mein Vater aufweichte und ablöste und in denen er dann seine Pinsel aufbewahrte. Ich drückte die Knie auf seine Arme, ließ meine Haare über sein Gesicht fallen und lauschte dem Rascheln der Eidechse in ihrem Behälter.

Wir waren das Traumpaar, und ich wußte, daß ich ihm weh tun würde.

Theo und seine Verlobte schauten mal wieder bei uns vorbei. Theo erzählte, Erdas Nieren seien derart zerbröselt, daß man eine Sanduhr damit füllen könne. Auch andere Organe hätten ihre beste Zeit inzwischen hinter sich. Es gehe ihr schlecht.

Eddie, der an diesem Wochenende ebenfalls zu Hause war, blickte Theo wieder glückselig an.

Mein Vater, der meistens aufblühte, wenn wir alle zu Hause waren, hatte den Mittagstisch festlich gedeckt (Kerzen, phantasievoll gefaltete Servietten), saß jetzt aber schweigend und in sich zusammengesunken vor seinem Teller. Meine Mutter aß ihr Brot aus der Hand und sah irritiert zu Louise hinüber, die ihre Scheibe in kleine Vierecke schnitt und diese Stück für Stück mit der Gabel aufspießte. Als Louise beim Kaffeetrinken um eine Zuckerzange bat, verschluckte sie sich, stand auf, stöberte ein wenig im Besteckfach herum und überreichte ihr schließlich zwei Teelöffel.

»In diesem Haus muß man improvisieren«, sagte sie.

Eddie stützte sich mit den Ellbogen auf die Tischplatte, rieb sich mit den Händen heftig das Gesicht und kniff die Augen zusammen. Das machte er immer, wenn er gut gelaunt war. »Sooo, Theooo«, sagte er bestimmt drei- oder viermal, doch Theo ignorierte ihn. Theo schien sich aus einem Jäger in einen Wilderer verwandelt zu haben, in jemanden, der sich im Gebüsch verbirgt und anderen auflauert. Seine Geschwister wohnten sehr weit entfernt, doch alle taten, was sie konnten. Louise hatte ein übersichtliches Schema zusammengestellt, aus dem auf einen Blick hervorging, wer Erda wann zur Hand ging, da sie nicht mehr aufstehen konnte und es eine Heidenarbeit war, sie auf die Seite zu drehen und zu waschen. »Erda würde gerne noch mal mit Ihnen reden«, sagte er zu meinem Vater.

»*Hiii*, tolle Füße, nicht wahr?« sagte Eddie. Er rieb sich erneut über das Gesicht. »Laß das endlich«, sagte mein Vater, auffallend streng.

»Du willst doch wohl nicht wirklich zu ihr?« fragte meine Mutter. »Was soll der guten Seele das denn nützen?« Bei dem Versuch zu überspielen, wie nervös Erda sie machte, waren beide dazu übergegangen, sie »die gute Seele« zu nennen.

Die gute Seele.

Mein Vater erwiderte, daß es vielleicht doch das Beste sei, sie mal zu besuchen. Kurz darauf sah ich, daß Eddie im Dielenschrank Theos alte Schuhe suchte. Meine Mutter hatte jedoch rigoros durchgegriffen und alle verschlissenen Paare der Heilsarmee geschenkt.

Meine Mutter saß auf der Couch, einen Ausdruck auf dem Gesicht, den ich nicht von ihr kannte, der mich jedoch stark an den von Bette Davis in dem Film »Was geschah wirklich mit Baby Jane?« erinnerte, in der Szene, als sie Joan Crawfords Vogel unter eine silberne Glasglocke legt. Vor ihr auf dem Tisch stand ein großes Glas mit einem Rest roter Flüssigkeit. »Du brauchst mich nicht so anzusehen«, sagte sie mit belegter Stimme. »Das ist nicht mein erstes Glas.«

»Wo ist Papa?« fragte ich.

»Bei Erda. Er ist schon seit Stunden weg und noch immer nicht zurück. Ich schließe gleich die Hintertür ab, dann kann er zusehen, wie er reinkommt.« Sie sprach mit schwerer Zunge. Entschlossen stellte sie das leere Glas auf den Tisch. Ich setzte mich zu ihr und wollte ihren Arm ergreifen, doch sie schob mich irritiert weg.

»Laß das. Ich brauch dein Mitleid nicht.« Das hatte ich sie schon häufiger sagen hören, und auch, daß es keinen Grund gäbe, sich zu schämen oder etwas zu bedauern. Sie steckte sich eine Zigarette an und sagte in einem Ton, als ginge es um eine öffentliche Erklärung und als stünde sie vor Dutzenden von Journalisten auf einem Podest: »Wenn ich das vorher gewußt hätte... Hugo und ich haben immer viel gelacht. Wir hatten Tränen in den Augen vor Lachen. Wir waren am Anfang arm wie Kirchenmäuse, hatten aber unheimlich viel Spaß miteinander... ›Tonette‹, pflegte er zu sagen, ›ich könnte dich fressen.‹ Aber schon nach zwei Jahren war er wie umgewandelt. Diese Flittchen, die er mit nach oben nahm. Und ich habe ihnen lächelnd die Hand geschüttelt. ›Wie geht es Ihnen?‹ Er nahm sie mit nach oben. Ins Bad. Alle nahm er mit ins Bad. Mach doch was du willst, dachte ich. ›Tonette‹, rief er dann, ›kommst du auch?‹ Ich hab den Mund gehalten und den richtigen Zeitpunkt abgewartet. Ich war jung. Wenn ich jetzt noch einmal auf die Welt käme, wüßte ich, wie ich mich verhalten müßte.«

Ihre Augen wurden groß und weiß. Ich hatte die Geschichte schon häufiger gehört, doch es gibt immer einen Augenblick im Leben, in dem die Wörter, die man hört, und die Bedeutung, die an ihnen festklebt, sich mit einemmal nicht mehr unabhängig voneinander bewegen, sondern miteinander verschmelzen.

Wieder ergriff sie das Glas und führte es zum Mund. Es war leer, aber das merkte sie nicht. Früher wurde meine Mutter nach dem Genuß von Alkohol lediglich ein wenig rosig und fröhlich beschwipst, und wir konnten sie kichernd die Treppe hinaufstolpern hören, Vater hinter ihr her.

»Dein Vater sieht alles durch die romantische Brille. Die könnte ich mir auch aufsetzen, aber was soll das bringen? Ich hab mal einen deutschen Soldaten gekannt. Kurz bevor er nach Rußland mußte, hab ich mit ihm geschlafen. Ich dachte: Bald muß er an die Front und hat noch nie mit einem Mädchen geschlafen. Er ist in der endlosen Weite erfroren. Muß ich das jetzt verklären? In jenem Winter sind so viele andere auch erfroren. Doch es gibt keinen Grund, etwas zu bedauern. Es gibt keinen Grund, sich zu schämen. Ich spiele immer mit offenen Karten. Damals, als dein Vater mit dem Zahlungsbefehl bei uns aufgekreuzt ist, hab ich ihm gleich gesagt, daß wir keinen roten Heller im Haus haben. ›Mein Herr‹, hab ich gesagt, ›und wenn Sie mich auf den Kopf stellen und schütteln wie ein Drehorgelspieler seine Sammelbüchse, Sie werden keinen Cent finden.‹ Dein Vater saß einfach nur da, mit *solchen* Kaninchenaugen.« Sie spreizte die Finger vor den Augen und stand auf. »Als hätte er noch nie eine Frau gesehen. Mit Erda schlief er nur im Dunkeln. Könnte gut sein, daß sie ständig unbefleckt empfangen hat.«

»Was ist denn mit dir los?« fragte sie plötzlich. »Du siehst ja aus wie eine Krähe.«

In unserem alten Haus hatte mein Vater immer gewartet, bis er im Dunkeln nicht mehr zu sehen war, und meine Mutter hatte er nie mit ihrem Namen angesprochen. Als hätte er Angst davor, der Himmel könnte sich auftun und seine Plagen über uns hereinbrechen lassen. Nun stand er hinter mir und betrachtete über meine Schulter hinweg das Blatt Papier, auf dem ich mit Pinsel und Tusche zugange war.

»Na«, sagte er endlich, während ich weiterzeichnete, »das war mir vielleicht ein Abend gestern.«

»Ja?« sagte ich, mich an die Regeln haltend, die zu dieser Art von Gesprächen gehören.

»Das kann man wohl sagen«, sagte mein Vater.

Er setzte sich auf den wackligen Hocker vor meinem Frisiertisch. Ich hatte den barocken Rahmen des Spiegels vor ein paar Wochen mit Goldfarbe bearbeitet, und er strich mit dem Finger darüber. Der Hocker knarrte beängstigend.

»Dir kann ich es ruhig sagen, Mara«, sagte er. (Das sagte er jedesmal, wenn er ein Geständnis ablegen wollte, dann folgte immer etwas, was ich eigentlich gar nicht wissen wollte.) »Ich habe eine Höllenangst vor ihr.«

Mir war nicht klar, ob er Erda meinte oder meine Mutter.

Meine Eltern. Ich hörte zu und wartete auf eine Pause zwischen den Wörtern, die aufeinanderfolgten wie umfallende Dominosteine. Auf eine Lücke, eine Bruchstelle in den Sätzen, aus der hervorging, daß sie am Ende ihres Textes angekommen waren. Doch sie fanden kein Ende und verfielen in Wiederholungen, so daß sich die Wörter wie Schlangen in den Schwanz bissen und immer seltsamere, kompliziertere Bezüge hergestellt wurden.

»Ich bin noch nicht fertig«, sagten sie. »Laß mich bitte ausreden.«

Und ich befand mich wieder in dem ingeniösen Labyrinth einer weit zurückliegenden Vergangenheit, in dem man zwar ständig der vorgegebenen Richtung der Wege folgen kann; wenn es aber darauf ankommt, ist man trotz allem gefangen wie eine silberne Kugel im einem System aus Strichen und Vierecken, einem System aus Stimmen, und man muß warten, bis jemand das Labyrinth hin- und herschüttelt, so daß die Kugel entwischen kann, bevor sie im Zentrum liegenbleibt.

»Deine Mutter hat angedeutet, daß sie mich verlassen will«, sagte mein Vater niedergeschlagen, während er die lockeren Haare aus meinem Rougepinsel zog.

»Das meint sie doch nicht ernst«, sagte ich in einem möglichst beruhigendem Ton. »Nehmen Sie das nicht so schwer.« (Schon seit Jahren sagte sie, daß sie uns verlassen wolle: »Eines Tages werdet ihr aufstehen, und dann bin ich weg, verschwunden.« Das war der große, mißglückte Lös-dich-in-Luft-auf-Trick meiner Mutter.)

»Jetzt sind wir schon so lange verheiratet«, fuhr er mit träger, träumerischer Stimme fort, »aber sie weiß noch immer nicht *so viel* von mir. Sie weiß nicht, was ich mag und was ich nicht ausstehen kann. Ohne Rücksicht auf mich zu nehmen, schmeißt sie Packungen mit Vollmilch in den Einkaufswagen. Soll ich die Fettklumpen etwa auf der Zunge ins Zimmer tragen?«

Ein Tropfen Tusche fiel von meinem Federhalter. Ich machte den Rorschach-Test, kniff die Augen zusammen und sah einen Engel mit einem Wasserkopf.

»Und wenn ich A sage, sagt deine Mutter B. Darauf kann ich Gift nehmen.« (Gestern hatte mein Vater noch gesagt, daß er, wenn die Zeit gekommen sei, am liebsten dort begraben werden wolle, wo auch Mutter einst liegen würde, oder, was Gott verhüten möge, schon läge. Sofort hatte Mutter ihm entgegnet, daß *sie* sich am liebsten verbrennen lassen würde. »Wenn ich mal nicht mehr bin, will ich, daß meine Asche weit übers Meer verstreut wird«, hatte sie träumerisch gesagt.)

»Dir kann ich es ja sagen, Mara, manchmal denke ich, daß ich mich genausogut in die Gefriertruhe legen könnte.« Er beugte sich vor, so daß er mit der Nase beinahe an den Spiegel gestoßen wäre, und zupfte an der

Haut seiner Wangen. »Ich sehe aus wie ein alter Mann«, sagte er. »Ich sehe wirklich aus wie ein alter Mann.«

»Nein, das würde ich nicht sagen«, sagte ich schnell. »Finde ich überhaupt nicht.« Ich hielt es für besser, das Thema zu wechseln. »So«, sagte ich munter. »Sie sind also doch noch bei Erda gewesen.«

»Draußen«, sagte mein Vater. »Nicht drin. Mir fehlte der Mut. Mir fehlte verflucht noch mal der Mut.« Und er erzählte, daß er bestimmt eine halbe Stunde auf der anderen Straßenseite gestanden habe, daß er sogar versucht habe, durch die Fenster zu schauen, daß es jedoch zu dunkel gewesen sei und er nichts habe erkennen können. Dann sei er nach Hause gegangen.

»Weißt du, was ich gemacht habe?« fragte er. »Ich bin aus dem Bus gestiegen, ins Venezia rein und habe ein Eis gegessen. Ich habe sie wie dich jetzt vor mir sitzen sehen. Eine korpulente, ältere Frau mit einer Zeitung. Weißt du, wie sie mich immer nannte?« Er warf mir einen abwartenden Blick zu. Ich sagte, ich hätte keine Ahnung. »Eine Rotznase. Sie sagte: ›Du bist vielleicht eine Rotznase.‹« Wieder preßte er das Gesicht beinahe gegen den Spiegel und betrachtete seine Augenbrauen. »Sie hatte recht. Ich sah wirklich aus wie ein Arsch mit Ohren. Richtig charakterlos.«

Seine Umrisse verschwammen im Dunkeln. Mein Vater zerkrümelte und flog wie eine Staubwolke durchs Zimmer.

Helmi und ich waren mit dem Mofa an den Lek gefahren. Bei der Schleuse stiegen wir ab, um dem Öffnen der Schleusentore zuzusehen. Sie gingen langsam in die Höhe, und das Wasser, das nach Fischen stank, die lange in einem Faß gelegen hatten, strömte von der einen auf die andere Seite, um dort an den Steinwänden hochzusteigen. An den Stahltoren der Schleuse lief ein grüner Brei herunter. Wassertröpfchen wehten uns ins Gesicht. Ich betrachtete den Deich. Unten waren lediglich die Dächer der Häuser zu sehen. Die Schafe lagen dicht aneinandergedrängt im Gras und sahen aus wie ein großer, dampfender Ballen Wolle. Als Helmi das Mofa gegen einen Baum lehnte, streckte ein Stier seinen Kopf prüfend über den Stacheldrahtzaun. Aus seinen Nüstern stieg eine warme, feuchte Wolke.

Die Welt öffnet sich, sagte ich feierlich in Gedanken. Blickte man sich jedoch um, war einem, als hätte sich jemand mit einem außergewöhnlich langen Mantel ins Gras gesetzt und alles damit bedeckt. Als die Schleusentore geöffnet waren, machte Helmi im Gras Feuer. Dann stocherte er mit einem Zweig in den Flammen und wedelte mit der Hand in der Luft herum, um die Mücken abzuwehren. Er hatte die Jacke ausgezogen und ins Gras gelegt. Ich setzte mich neben ihn. Beinahe im selben Augenblick legte er den Arm um mich, als hätte er Angst, ich könnte ihn verlassen. Ich werde dich verlassen, dachte ich, während seine Hand unsicher auf meiner Schulter lag. Ich werde dich bestimmt verlassen. Wenn du mich weiterhin so berührst, läßt sich das nicht vermeiden. Ich sah ihn an, und mir wurde traurig zumute, weil ich einfach nicht hätte sagen können, weshalb ich mir so sicher war und was eigentlich ausschlaggebend war für diese Unvermeidlichkeit. Der Teil von mir, der so felsenfest daran glaubte, war mir gegenüber ebenso erbarmungslos wie gegenüber Helmi. Daß ich solche herzlosen Gedanken hatte, passierte mir in letzter Zeit häufiger. Als hätte ich einen Sack auf dem Rücken, in dem sich ein Zwerg versteckte, der beim geringsten Anlaß anfing zu schreien, zu lallen oder unflätige Ausdrücke zu rufen, und der jedesmal, wenn ich mich umdrehte, um zu fragen, was los sei, sich mit dem Sack mitdrehte, so daß er immer hinter meinem Rücken blieb und ich ihm nie direkt in die Augen sehen konnte.

»Helmi? Glaubst du an Zeichen?«

Er fragte, was für Zeichen ich meinte.

»Selbstgemachte«, sagte ich. »Richtige Zeichen.«

Er steckte einen Zweig ins Feuer. Es knisterte, und ein paar Funken sprangen in die Höhe. Ich roch den Geruch von angesengtem Holz.

In unserem alten Haus hatte mein Bruder oft draußen auf dem Balkon mit seinen Freunden gespielt. Sie saßen vor dem gelben Spielzelt auf einer alten Decke. Das Zelt gehörte mir, doch in den Stunden, in denen mein Bruder draußen spielte, verbot mir meine Mutter rauszugehen. Aus Furcht, den Überblick zu verlieren, verließ sie sich nur auf die strikte Trennung der Geschlechter. Eines Tages holte Nicolaj eine Nadel aus der Hosentasche und stach sich damit in den Zeigefinger. Anschließend stach er die Nadel in den Daumen seines Freundes, eines schmächtigen Jungen namens Borus, der bei meinem Bruder in hohem Ansehen stand, weil er einmal einen lebenden Goldfisch verschluckt hatte. Zwei Tropfen. Daumen und Zeigefinger wurden feierlich aneinander gehalten.

Ich fragte Helmi, ob er mein Blutsbruder werden wollte.

»Wie meinst du das?« erwiderte er und stocherte stumpfsinnig mit einem zweiten Zweig im Feuer herum.

»Daß wir unser Blut teilen. Du und ich.«

Vor ein paar Tagen hatte ich im Fernsehen einen Bericht über einen Mann gesehen, der seiner Schwester zuliebe, die jeden Tag zur Dialyse mußte, auf eine Niere verzichtet hatte. Als Geschenk nicht zu übertreffen, hatte ich gedacht. Überreicht in einem eiskalten Behälter, aus dem noch immer Dampfschwaden quollen. »Dürfte ich Sie fragen, was er Ihnen zum Geburtstag geschenkt hat?« – »Eine Niere in einer mit Schleifen verzierten Schachtel.«

Ich sprach mit einem feierlichen Unterton in der Stimme, da ich Rituale mochte und noch immer mag. War ich darum ganz vernarrt in Kirchen? Wegen der Leidenschaft, die in die Steine, mit denen sie gebaut worden sind, eingemeißelt und darin begraben ist? Wegen des Charakters der Gottesdienste? Da ging der Priester. Er hatte Rußflecken auf dem Saum seines Rocks. Seine Nase zeigte nach oben. Sein Glied nach unten. Unhörbar schritt er aus, die Meßdiener in gebührendem Abstand. Und alles war von A bis Z choreographiert: die aufwendig bestickte Kleidung, die sparsame Beleuchtung (Kerzen), die Sprache (lateinische Texte und gregorianische Gesänge) und die Verrichtungen (eine nach der anderen und wohlüberlegt).

Kaum hatte ich meine Frage ausgesprochen, machte der Gedanke hinter der Bitte eine Vierteldrehung und veränderte seine Form. Was war der sichtbare Effekt des Austauschs von ein paar Tropfen Blut? Bestand das Beeindruckende der Handlung von Nicolaj und Borus nicht vielmehr in der Tatsache, daß ich – ohne daß sie es wußten – Zuschauer gewesen war? War es nicht viel wichtiger, etwas zu *machen*? Ein Zeichen etwa, das auf alle Zeiten deutlich machen würde, daß Helmi mir gehörte? Wie wäre es, wenn ich mit einem scharfen Gegenstand, einem Messer beispielsweise (hatte ich ein Messer?) oder einem Stück Metall (die Lasche einer Dose? Wir hatten aber lediglich ein paar Flaschen dabei), ein Zeichen machen würde? Auf Helmis Rücken. Etwas, das sich nie mehr entfernen ließe. Etwas, das immer zu sehen sein würde. Etwas, das das, was war, verändern würde.

Ich würde ein Zeichen auf seinem Rücken machen: einen Stern, ein Dreieck, einen Kreis – was ihm am liebsten wäre. Mir war, als hätte es diesen Gedanken, diese Frage, immer schon gegeben. Hatte ich erwartet, daß er so schnell zustimmen würde? Ohne zu zögern? Es verstrich nicht viel Zeit zwischen meiner Frage und dem Moment, in dem Helmi bedächtig sein ausgeblichenes, kariertes Holzfällerhemd auszog und mir seinen mit roten Flecken und Pickeln übersäten Rücken zuwandte.

»Hast du vielleicht ein Messer?«

Er schüttelte den Kopf, also zerschlug ich die Bierflasche, aus der er getrunken hatte, und nahm die spitzeste Scherbe in die Hand.

»Es wird weh tun«, sagte ich, was sich mehr wie ein Auftrag denn wie eine Warnung anhörte.

Helmi nickte. Ich musterte das bernsteinfarbene Glasstück und fragte mich, ob man es nicht desinfizieren könne, ohne es zu schmelzen, doch ich hatte nichts bei mir, mit dem ich es kurz in die Flammen hätte halten können. Ich wischte es an meiner Jacke ab.

Dann setzte ich, wie zum Spaß, die Spitze der Scherbe auf seine Haut. Vorsichtig drückte ich etwas fester, und dort, wo ich die Spitze der Scherbe aufgesetzt hatte, bildete sich eine Vertiefung, um die herum die Haut sich nach oben wölbte, wie das Leder um die Kupfernägel in einem Chesterfieldsofa.

Ich zögerte. (Kam dieses rasende Wummern und Klopfen aus meinem Herzen?) Dann zog ich blitzschnell einen Strich von mehreren Zentimetern, der sofort rot vollief.

Helmi beugte sich nach vorne und holte tief Luft, wie jemand, der sich auf einen Sprung ins tiefe Wasser vorbereitet.

Ich setzte die Scherbe rechtwinklig auf seinem Rükken auf und zog einen zweiten Strich. Verblüfft beobachtete ich, daß dieser ebensoschnell vollief. Ich hatte das Gefühl, als sprängen Helmi und ich gemeinsam ins Wasser; wir wurden jedoch nicht naß, da es vor uns zur Seite wich und wir auf dem trockenen Grund liefen.

Wieder machte ich eine Einkerbung, mir war schwindlig und zugleich leicht im Kopf.

Mit ziemlichem Respekt betrachtete ich das Stück Glas in meiner Hand und Helmis Rücken, über den nun das Blut in mehreren Bahnen herunterlief. Noch einmal setzte ich die Scherbe auf seiner Haut auf, und er wimmerte wie eine Katze, der man auf den Schwanz tritt. Er beugte sich so weit nach vorn, daß er mit den Zähnen die Grashalme hätte abpflücken können. »Es ist gleich vorbei«, sagte ich und beugte mich ebenfalls vor. Mit einemmal wurde mir klar, wie sich ein Boxer fühlen muß, der mit geschwollenen Augen weiterkämpft, unter lauten Anfeuerungsrufen des Publikums, mit dem Unterschied jedoch, daß es Helmi war, der im Ring stand.

Er drehte sich zu mir um. Sein Gesicht war weiß wie Mehl. Er hatte die Zähne fest zusammengebissen, auf seiner Stirn standen Schweißperlen.

»Ich hole ein wenig Wasser«, sagte ich und ließ die Scherbe der Heinekenflasche ins Gras fallen. Ich hatte das Gefühl, als erfröre ich allmählich, meine Zähne klapperten unaufhörlich vor Kälte.

»Willst du, daß ich weitermache?« fragte ich.

»Bist du denn noch nicht fertig?« Angstvoll sah er mich an, als wäre etwas erst dann vorbei, wenn ich sagen würde, daß es vorbei sei, und als bliebe es unvollendet, solange ich behauptete, es sei unvollendet.

»Nein«, sagte ich. Sein Hemd in der Hand, ging ich zum Wasser. Mir fiel auf, wie glänzend und still der Lek dahinfloß. Wie eine festgezurrte Plane, über die man das andere Ufer erreichen konnte.

Mit dem nassen Hemd tupfte ich ihm den Rücken ab. Auf Helmis Gesicht war inzwischen ein heldenhafter, stolzer Ausdruck erschienen – als hätte er mir wirklich etwas bewiesen.

Bei uns zu Hause desinfizierte ich die Schnittwunden ziemlich grob mit Jod. Er biß sich auf die Lippen, bis sie ganz weiß geworden waren. »Hör mal, wenn es sich entzündet, dann geht's dir erst richtig dreckig«, sagte ich; ich hatte nämlich schon die schlimmsten Sachen über Infektionen, Umlauf und Faulbrand gehört, über Füße, die einfach stehenblieben, während der Besitzer weitergehen wollte, über Finger, die schwarz und krumm geworden waren wie abgebrannte Streichhölzer, einzig und allein deshalb, weil die erforderlichen Hygienevorschriften nicht eingehalten worden waren. Ich hörte Nicolaj oben herumlaufen, ging hinauf und bat ihn um ein T-Shirt.

»Wofür?« Er stand da in einer weißen Unterhose und kratzte sich am Bauch. Ich hatte keine Ahnung gehabt, daß er so muskulös und behaart geworden war.

»Weil Helmi seins vollgekotzt hat«, sagte ich.

Mein Bruder grinste. »Das kommt davon, wenn man den ganzen Abend Bier trinkt.« Er nahm ein sauberes Hemd aus dem Schrank und überreichte es mir mit einem Klaps auf die Schulter. Dann legte er sich wieder faul auf die aus dem Sperrmüll gerettete Couch und griff nach dem Hörer, der neben dem Bakelittelefon auf dem Boden lag.

Ich konnte kein Auge zumachen. Die Tatsache, daß Helmi sich derart ergeben in sein Schicksal gefügt hatte, ohne Frage oder Widerstand, hatte tiefe Angst und Traurigkeit in mir ausgelöst. Er redete mit niemandem darüber. Auch mit mir nicht, selbst dann nicht, als sich einer der Schnitte doch noch entzündete.

Die Band bestand aus Helmi, seinen beiden Brüdern und einem Nachbarjungen, der furchtbar groß und dünn wie eine Bohnenstange war. Er war vor einem Jahr nach einem ausgedehnten Kneipenbummel auf einen Kranwagen aufgefahren. Es hatte lange gedauert, bis er wieder auf den Beinen war. Jetzt aber, da er vollständig genesen war, wollten sie wieder loslegen. Nicolaj wollte sich um die »Technik« kümmern, und von diesem Augenblick an wurden die abendlichen Zusammenkünfte dreimal pro Woche in Helmis Elternhaus verlegt. Ich folgte gehorsam, da ich keine Idee hatte, wie ich diese Abende ganz allein für mich verbringen sollte; meine Eltern rissen mich nämlich immer dann, wenn sich in ihrer sorgfältig errichteten Zuckerbäckerkonstruktion Risse oder Ritzen auftaten, von meinen Skizzen oder Schreibversuchen weg (ich hatte angefangen, düstere und bittere Gedichte zu schreiben, die ich mit Geschöpfen im Stil eines Hieronymus Bosch umrandete), indem sie mich freundlich zu einer Tasse Kaffee oder Tee nach unten riefen, wo die Spannung wie die elektrische Ladung vor einem Gewitterschauer zwischen zwei Bergen in der Luft zu liegen schien und sich einfach nicht entladen wollte.

Erst spielten sie in der Waschküche, dann siedelten sie in die Garage über, in der es nach Putz und tief in den Steinen verborgenem Schimmel roch. Die Plastiksäcke, die nach dem Üben über die Anlage gestülpt wurden, um diese zu schützen, waren häufig mit Tröpfchen überzogen. An den Wänden standen ein paar alte Matratzen, die als Schalldämpfer herhalten mußten. Sie waren alt und dünn, und wenn die Jungs laut spielten, rollten sie sich zusammen wie welke Salatblätter (auf einer der Matratzen war ein traurig stimmender dunkler Fleck, der mich an eine betende Frau erinnerte). Beim Ausprobieren der Boxen kippte eine von ihnen langsam nach vorn und landete auf Helmi. Mit verabscheuungswürdigem Mangel an Begeisterung pinselte ich den Bandnamen auf eine Sperrholzplatte. »Wishbone«. Ich nahm Krapplackrot und machte mir nichts daraus, wenn die Buchstaben in den Rillen ausliefen. Helmi war der Bassist. Das linke Bein vorgeschoben, hielt er die elektrische Baßgitarre locker an den Schenkel gepreßt. Wenn er spielte, hing ihm die Konzentration wie Nebel vor dem Gesicht, wenn er aber eine Saite ausließ, wurde er knallrot und schlug anschließend wild mit dem Plektrum auf die Saiten ein, wie ein Bauer, der ein Huhn rupft. An die Wand gelehnt, verfolgte ich die Jungs auf dem mit Samt überzogenen Podium mit Augen und Ohren. Obwohl ich mich kaum in Musik auskenne, hatte ich bald den Eindruck, daß in Helmis Spiel zuviel Unentschlossenheit steckte. Die Töne folgten zitternd und fröstelnd aufeinander. Zum Glück fragte er mich nicht, was ich von seiner Art zu spielen hielt, und in den

Pausen wich er meinem Blick aus, wenn seine Brüder über den Text, vor allem aber über »Sound« und »Image« diskutierten. War ihm auch klar geworden, wie abgefuckt sein Bruder Wenner mit dem roten Schnürsenkel aus Sämischleder um die Stirn und dem mit Stickereien versehenen weiten T-Shirt aussah? Wie wild und überdreht dessen Armbewegungen waren? Immer wenn Wenner so richtig in Fahrt war, schlug er mit geballter Faust auf die Boxen, was ein gellendes und heulendes Geräusch zur Folge hatte, das sich anklagend über die Band legte. Häufig verstrickte er sich in Imitationen »ausgeflippter« Sänger wie Frank Zappa. Ich ärgerte mich grün und blau über Wenners schmuddeliges Haarband, das ihm regelmäßig über die Augen rutschte, und über seine vor Schreck und Anspannung überkippende Stimme. »Die Gitarre läßt sich nicht mehr wegdenken aus Rockmusik, Flamenco, Blues oder Heavy Metal«, sagte er.

»Was ist ein gutes Stück?« fuhr er fort, mit einem Blick, als schlüge er für uns eine Seite in der Heiligen Schrift auf. »Ein gutes Stück ist ein Statement. Was tut Musik? Musik untergräbt. Musik muß ein Nagelbrett sein, *niemals* ein Lehnstuhl.« Wenn er merkte, daß ich ihn ansah, trommelte er mit den Fingern auf dem Schlagzeug herum. Ich sagte nichts. Mich bedrückte die Tatsache, daß ich in letzter Zeit in allem hauptsächlich das Häßliche und Banale, das Abstoßende sah, beispielsweise die lädierte Anlage, das schiefe Podium, die unbeholfenen Bewegungen.

Eines Tages bat ich Helmi um ein Geschenk. »Wir sind schon seit einem Jahr zusammen, wird es da nicht langsam Zeit für ein kleines Präsent?« Ich hatte mich schon derart daran gewöhnt, Helmi zu »soufflieren«, daß ich es nicht einmal mehr im Verborgenen tat, sondern in aller Öffentlichkeit. »Jetzt müßtest du mir mal wieder ein paar Nettigkeiten sagen«, sagte ich beispielsweise, oder: »Wenn du mich überraschen willst, kannst du mich morgen abholen.«

Er versprach, mir am Ende der Woche etwas mitzubringen, und aus irgendeinem unerfindlichen Grund war ich so sehr darauf gespannt, daß ich die ganze Woche über kaum ein Auge zubekam, bei jedem noch so geringen Geräusch schreckte ich hoch. Was erwartete ich um Himmels willen eigentlich? Parfüm? Nylonstrümpfe? Ein Spiel? Ein Buch? Ich wollte etwas, worauf noch niemand gekommen war. Etwas, das es noch nicht gab, das von Helmi erfunden werden mußte. Etwas, womit ich in die Vergangenheit und die Zukunft reisen könnte. Oder etwas, das es zwar schon gab, das aber so kostbar war und an das man nur so schwer herankommen konnte, daß damit jedem Sehnen und Suchen mit einem Schlag Sinn und Inhalt verliehen würde. Das Goldene Vlies beispielsweise oder die Äpfel der Hesperiden, notfalls ein Fetzen des Turiner Grabtuches. Am Ende der Woche gab mir Helmi – der von Symbolik keine Ahnung hatte – einen weißen Frosch aus Keramik mit schwarzgläsernen Augen. Auf der flachen Unterseite klebte ein schwarzer Sticker, auf dem in eleganter Schrift »Eleonore's Giftshop« stand. Ich versuchte, eines meiner vorverpackten Lächeln auf meine Lippen zu zaubern, die waren aber wie verkrampft. Ich betrachtete Helmis fleckiges Gesicht und war mir nicht sicher, ob ich ihn schlagen oder an mich drücken wollte, meine Gefühle rotierten wie die Propeller eines Hubschraubers. Es zählt nur, daß er dir etwas geschenkt hat, machte ich mir selbst Vorhaltungen. Du hast ihn um ein Geschenk gebeten, du hast ein Geschenk erhalten. Außerdem hat er sich gemerkt, daß du Skulpturen magst. Eine andere Stimme in mir machte sich über ihn lustig – und nicht zu wenig. Das kann man wohl nicht gerade denselben Geschmack nennen, nicht wahr? Er denkt offenbar, daß dir das gefällt. Was für eine Beleidigung, ehrlich gesagt ist das Ding da nämlich *häßlichhäßlichhäßlich*. Für einen Sekundenbruchteil sah ich Helmis Zweifel und Unsicherheit. Ich konzentrierte mich auf die Gesichtsausdrücke, die ich einmal in Leonardo da Vincis Skizzenbuch studiert hatte, und schaffte es, ihm zuzulächeln. Ich bedankte mich bei Helmi, indem ich mich auf die Zehenspitzen stellte und ihm einen Kuß mitten auf den Mund gab. Schau an, jetzt sah ich im Spiegel von der Seite doch wieder überrascht und zufrieden aus. Ich stellte den Frosch mit einem harten Knall auf den Tisch neben meinem Bett, auf dem er einen deutlichen Kreidefleck hinterließ.

An den darauffolgenden Tagen ließ ich ihn einmal mit und einmal ohne Absicht fallen; beide Male splitterte allerdings nur ein kleines Stück ab.

Kurz vor seinem Geburtstag kam Helmi bedrückt zu mir, um mir zu sagen, daß seine Eltern meine besuchen wollten. Wahrscheinlich hatte meine Mutter die Initiative ergriffen. Sie wollten zunächst zu uns kommen, was wohl, wie er seine Eltern kenne, auf einen Gegenbesuch hinauslaufe. Obwohl der Gedanke, daß wir in den Augen seiner und meiner Eltern ein richtiges Paar waren, mich in eine unbestimmte Unruhe versetzte, so, als würde ich den Schatten einer großen Hand, die eine gläserne Käseglocke abwischt und auf Hochglanz bringt, schon über uns fühlen, war ich durch Helmis mehr als deutlichen Widerstand gegen den Besuch anfangs hochgradig beleidigt. Dann sagte ich mir jedoch, daß er sich vielleicht für seine Eltern schämte.

Sie standen in fast völliger Dunkelheit vor der Tür. Helmis Vater in dunkelbrauner Hose und zu enger Jacke, Helmis Mutter in einem Kostüm, das noch immer den Kleiderbügel aus »Voncks Damen- und Herrenbekleidungsgeschäft« verriet. Mein Vater, der in letzter Zeit am liebsten ganz für sich war, um in aller Ruhe an seinen Bildern arbeiten zu können, erwartete sie in der Diele. Er nahm ihnen die Jacken ab und hieß sie willkommen, als wären sie die ersten, die eine lange in Vergessenheit geratene Stadt besuchten. Es wurden Ihnen Kaffee und ein mit Nüssen und Rosinen gespickter Kuchen vorgesetzt, den mein Vater am Nachmittag gebacken hatte.

Meine Mutter machte sich daran, Helmis Vater aufzubrechen wie eine ihr servierte Auster. Sich schwer und unbehaglich fühlend, saß er auf der roten Couch, mit Händen und Füßen groß wie Schaufeln. Er gab sich äußerste Mühe, nicht zu den Aktbildern hinüberzublicken, die in dunklen Reliefrahmen an den Wänden hingen. Doch egal wohin er sich auch umdrehte, überall waren zwinkernde Nabel, Brüste wie Granatäpfel und Hälse wie die Säulen von Michelangelos David. Mein Vater hatte Helmis Mutter übernommen, was bedeutete, daß er sie mit Komplimenten überhäufte, auf die sie mit sichtbarem Unbehagen, ja sogar ungehalten reagierte. Also versuchte mein Vater, dem Gespräch eine andere, fürsorglichere Wendung zu geben. Ob sie bequem sitze? Ob ihr nicht zu kalt sei? Oder zu warm? Ob ihr Stuhl nicht zu dicht am Tisch stehe oder gar zu weit davon entfernt? Ob ihr das Getränk schmecke? Ob sie etwas mehr oder weniger Zucker im Kaffee wolle? Nein, es sei entschieden zu kalt, und schon drehte er am Temperaturregler. »Hier ist doch schon eine Bullenhitze, Mann«, rief meine Mutter. »Mir läuft der Schweiß literweise den Rücken hinunter.« Sie schenkte Helmis Vater einen Genever ein und überreichte ihm das dünnwandige Gläschen, nicht ohne die Gefahren aufzuzählen, die jeglicher Alkoholkonsum mit sich bringt: Jähzorn, Gedächtnisschwund, Gewalttätigkeit, Delirium. »Ich bin froh, daß ich immer den Mut aufgebracht habe, den Problemen nüchtern ins Auge zu sehen und realistisch zu handeln.«

»Nüchternheit« war das Leitmotiv meiner Mutter. Nüchtern leben, nüchtern schlafen. Nüchtern essen und trinken, nüchtern lieben und sterben. Nie im Zorn oder mit Bitterkeit zurückblicken.

Mein Vater sagte – in seiner Rolle als galanter, älterer Herr –, wie gut Helmis Mutter aussehe; so jung noch, und das nach wie vielen Kindern? »Frauen gehören zum besseren Geschlecht«, sagte er und nahm daraufhin feierlich das Album mit den Aufnahmen seiner Gemälde aus dem Schrank.

»Muß das sein?« fragte meine Mutter. »Die Leute sind hier zu Besuch.«

Mit einem gefrorenen Lächeln auf den Lippen betrachtete Helmis Mutter aus den Augenwinkeln die Bilder mit den Kirchplätzen, blauen Straßen und bleichen Frauen. »Ja«, wiederholte sie ein paar Mal, als schlüge ihr jemand mit einem Hammer auf den Kopf. »Jetzt weiß ich, woher Mara diese Phantasie hat.«

»Eine unglaubliche Phantasie«, sagte meine Mutter zustimmend. »Und ein überaus dürftiger Realitätssinn. Ich bin die einzige hier, die mit beiden Beinen auf dem Boden steht. Die Bilder da sind vielleicht ganz nett, aber wer will die sich schon an die Wand hängen? Das hab ich schon so oft gesagt. Mal endlich mal eine schöne Winterlandschaft. Eine Straße im Schnee. Eine Ortschaft.«

Mein Vater zog ein Haar unter dem durchsichtigen, mit Spinnennetzmotiven bedruckten Seidenpapier hervor und klappte das Album mit einem lauten Knall zu. Dann ging er zu Helmi. »Mein guter Junge«, sagte er mit rauher Stimme. »Du weißt ja, du bist hier immer herzlich willkommen.« Er gab ihm einen Klaps auf die Schulter und wandte sich Helmis Mutter zu. »Gnä' Frau. Ich bin kein Freund großer Worte, aber hieraus werde ich kein Geheimnis machen: Wir, meine Frau und ich, freuen uns riesig über Ihren Sohn. Mara kann wirklich von Glück sagen.«

Helmis Vater nippte an seinem Glas. Es verschwand völlig in der Wölbung seiner riesigen Hand. Meine Mutter fing davon an, daß sie viel, eigentlich alles von seinem harten Leben verstehe. »Ich habe einen Mordsrespekt vor Arbeitern.« Und im selben Atemzug fügte sie hinzu, daß Arbeiter immer den kürzeren zögen, weil ihnen immer nur kurze Enden angeboten würden. »Nein, also in dieser Beziehung...«

Da Helmis Eltern das ungeschriebene Gesetz nicht kannten, nach dem jede Gelegenheit, sich die Lebensgeschichte meiner Mutter anzuhören, mit beiden Händen ergriffen werden mußte, trat nun eine lange, peinliche Stille ein, die zu guter Letzt von meiner Mutter unterbrochen wurde. Interessiert erkundigte sie sich bei Helmis Vater, wann dieser morgens zur Arbeit gehe.

»Um sechs«, gab er zur Antwort.

»So früh? Hörst du das, Pjoter? Und wie spät kommen Sie dann nach Hause?« Als sie die Antwort hörte (»Um sechs«), stellte sie ihr Glas mit einem Knall auf den Tisch und sagte seufzend: »Nur wenige kriegen die Chance, die sie eigentlich verdient hätten.« Ich wußte, daß sie jetzt aufzählen würde, wie viele ihrer Verwandten die letzten Lebensjahre arm und verkümmert verbracht hatten. Die Tante mit dem Holzbein, das sie einmal in einem Wutanfall abgeschnallt und jemandem an den Kopf geworfen hatte. Die Großmutter, die ihr immer Vater und Mutter zugleich gewesen war und die im Hungerwinter ’44/’45 aus Steckrüben, heißem Wasser und schwarzem Pfeffer Suppe gekocht hatte, aber vom Großvater mehr als einmal angegriffen worden war. Einmal hatte er ihr sogar mit einer Flasche Bourbon auf den Kopf geschlagen, weil er sie für den Leibhaftigen gehalten hatte. Hart arbeitende Menschen, die es nie zu etwas gebracht hatten. »Nur Menschen mit Macht haben eine Geschichte.« Während sie erzählte, hielt sie das linke Bein ständig so, daß die Narbe zu sehen war. Ab und zu rieb sie vorsichtig daran.

»Was haben Sie da eigentlich?« fragte Helmis Mutter endlich. Als meine Mutter zufrieden anfing, die Anekdote von der Narbe zu erzählen (»Quer durch den Knochen«), folgte ich meinem Vater in die Küche.

Ich sah ihm zu, wie er Studentenfutter in Glasschälchen füllte. »Hallo, Tochter«, sagte er über die Schulter. »Alles in Ordnung?«

Mit einemmal wünschte ich mir, ich hätte den Mut, zu ihm zu gehen und mich an ihn zu drücken, aber den hatte ich nicht. Ich wollte ihn fragen, was er an jenem Tag gedacht hatte, als ich bei ihm im Büro stand, brachte aber keinen Ton über die Lippen. Ich schüttete die letzten Nüsse aus der Tüte und stopfte mir den Mund voll. Ich mußte an die Sonntage denken, an denen er mir – meine Mutter noch oben im Bett – am Tisch gegenüber gesessen und mit einem Seufzer, fast wie erleichtert, daß sie nicht dabei war, erzählt hatte, daß er sie liebe und es in seinem Leben nur die Kunst und meine Mutter gebe. Meine Mutter, die Kunst und sonst *nichts*.

Ich nahm die Schälchen und stellte jedem eines hin. Helmi saß steif am Tisch, wie erstarrt in der Haltung des idealen Schwiegersohns.

»Pjoter hat davon keine Ahnung«, fing ich auf. »Der arbeitet außer Haus, aber ich werde manchmal beinahe verrückt. Ich weiß nicht, wie Ihnen das geht«, sagte sie zu Helmis Mutter gewandt, »aber Sie haben doch bestimmt auch schon mal gedacht: Leute, ohne mich.« Anschließend blickte sie gedankenverloren vor sich hin, als sähe sie eine weiche, saftige Weide, die sie nie hatte betreten dürfen. Helmis Vater musterte mit einem mürrischen Gesichtsausdruck die dunklen Augen meiner Mutter, ihr marineblaues Kleid, ihre sorgfältig frisierten Haare und den Ring mit dem funkelnden grünen Stein an ihrem Mittelfinger. Vor langer Zeit glaubten die Menschen, daß Mann und Frau die beiden herumirrenden Hälften eines einzigen wunderbaren Wesens seien. Ich aber kam mir ausgefranst und zerfasert vor. Ich suchte das Schlichte. Das strahlende Weiß. Das messerscharfe Wort. Warum kam mir die vielgerühmte Nüchternheit meiner Mutter vor wie der Zylinder eines gescheiterten Zauberers? Wenn ich mir Helmi und mich so ansah, konnte ich mir nicht vorstellen, daß wir zusammen jemals *mehr* sein könnten als die simple Summe der Teile.

Helmis Eltern verließen uns Punkt zehn Uhr, nach einer langen Stille, die auch Helmi und mich erfaßte.

»Na ja, wir werden ja sehen«, hörte ich meine Mutter sagen, als sie die beiden zur Tür brachte. »Es ist eine richtige Teenagerliebe.«

Ein Gegenbesuch fand nicht statt.

Und doch schlief ich in dieser Nacht mit dem Kopf in seiner Achselhöhle. Ich schob mein Gesicht in die weiche, duftende Vertiefung, als läge dahinter noch etwas, das zurückweichen würde, wenn ich nur genug Kraft aufböte. Ich legte das linke Bein über ihn und wickelte uns so fest in die Decke, daß wir von dem Kribbeln in unseren Gliedmaßen wach wurden.

Es war der Tag, an dem Helmis jüngster Bruder Hans Geburtstag hatte. Wir saßen, hingen, lagen wie die sieben Geißlein auf der mit Cordsamt überzogenen Eckbank und naschten vom Apfelkuchen. Anschließend wurde Hans von seinem Vater in feierlichem Ton in die Garage gerufen. Ich trottete mit, obwohl ich schon seit längerem wußte, daß sich dort »Profigeräte« befanden; als ich nämlich vor ein paar Tagen auf Helmi wartete, sah ich seinen Vater, der zusammen mit einem Kollegen vom Gartenbauamt (ich erkannte sie an ihren beigefarbenen Jacken) ein Schlagzeug, Boxen und Verstärker, Mikrophone und anderes Zubehör in die Waschküche schleppte. Alles zusammen habe ein kleines Vermögen gekostet, ließ seine Mutter ein paar Tage später Helmi und mich wissen. Der Vater habe sogar einen kleinen Kredit aufnehmen müssen. »Du verstehst also, daß es eine riesige Überraschung für uns war, als deine Brüder auch etwas dazugelegt haben.« Und wie beiläufig fügte sie hinzu, daß es vor allem Wenner gewesen sei, der sich spendabel gezeigt habe. Helmi, der noch »studierte« (er mußte noch ein Jahr auf der Technischen Oberschule hinter sich bringen), tat, als hörte er nichts, ihre Worte blieben jedoch hängen.

»Mach dir nichts draus«, sagte ich später, als er mürrisch und schweigsam neben mir lag. Doch selbst wenn er gewollt hätte, hätte er sich nicht beteiligen können; ich verbrauchte nämlich sein ganzes Taschengeld.

Es wurde kein Wort darüber verloren, doch es war von nun an klar, daß hiermit die langen Diskussionen, wo und wann die Band auftreten sollte, beendet waren, weil das Recht der Entscheidung auf subtile Weise auf Wenner übergegangen war. Seitdem spielte Helmi eher aus Pflichtbewußtsein denn aus freiem Willen.

Helmis Vater kam strahlend wie ein auf Hochglanz polierter Apfel herein. Stolz warf er einen Schlüssel auf den Tisch und sagte, daß er dank seiner »Kontakte« einen Termin mit einem Tonstudio – zu einem durchaus vertretbaren Preis – habe vereinbaren können. Dort würde man sie in einem Monat zu Aufnahmen erwarten. Und eine Vereinbarung mit dem Jugendzentrum sei auch schon unter Dach und Fach. Sie sollten zwar noch ihr Demo vorbeischicken, doch es sei schon definitiv ausgemacht, daß sie dort auftreten dürften.

Ich sah wieder, wie Helmis Brüder ihren Anteil bezahlten, diskret in einem Umschlag. Nach einer zweiten, förmlichen Weigerung nahm Helmis Vater das Geld an, und von diesem Moment an behandelte er den Ältesten und den Jüngsten wie »seinesgleichen«. In ihren Siebenmeilenstiefeln hatten sie den Sprung in jene Welt gemacht, in der nicht die Sprache, sondern die Menge und das Gewicht der Dinge den Ton angaben.

Vom Fenster von Helmis Zimmer aus beobachtete ich seine Brüder, wie sie von der Arbeit nach Hause kamen: die tägliche Rückkehr der Zwerge aus dem Bergwerk zu Schneewittchen. Während sie sich unten mit der Wärme und der Besorgtheit ihrer nervös herumflatternden Mutter abtrocknen und einreiben ließen, bat ich Helmi, mucksmäuschenstill liegenzubleiben, um ihn zeichnen zu können. »Rühr dich nicht«, sagte ich und wurde rot vor Wut, wenn er aus Versehen mal ein Bein anzog, auch wenn meine Verärgerung mehr mit meiner Angst zu tun hatte, jede Bewegung, die er – jetzt oder in der Zukunft – machte, jeder Schritt, den er unternahm, könnte ein Schritt in den Fußstapfen seiner Brüder und seines Vaters sein. Ich versuchte zu zeichnen, wie er auf dem Rücken lag, das Glied schlapp auf der Seite, wie die Haselmaus während der verrückten Teestunde. Doch die Geräusche unten machten mich nervös. Ich hatte Helmis Eltern noch nichts über meine Pläne in Sachen Universität erzählt. Und ich achtete darauf, meine Skizzen immer ordentlich zusammenzurollen und sie in einer Röhre mit nach Hause zu nehmen, seit Helmis Mutter eine Zeichnung gefunden hatte, auf der Helmi nackt auf einer Schale lag (mit einer kleinen schwarzen Kapuze über dem halbaufgerichteten Schwanz – es war sogar besonders schwierig gewesen, dies gut, soll heißen überzeugend, hinzukriegen).

Einem Gespräch zwischen Helmis Eltern entnahm ich, daß sie mir Helmis Unentschlossenheit vorwarfen. Seine Mutter fragte ihren Mann, ob er wisse, daß ich sein ganzes Geld verjubele. Ich »sauge« ihn aus. Das stimmte.

Ich nahm sein ganzes Geld, da ich selbst keinen roten Heller hatte. Und auf die andere, sanftere Art und Weise sog ich ihn auch aus; ich fand es nämlich unheimlich toll, seinen Schwanz in den Mund zu nehmen, die Hand feierlich unter das volle Säckchen zu legen und das Ganze dann anzuheben, als setzte ich mir einen übervollen Kelch an die Lippen. Ich genoß die zunehmende Spannung, die abrupt in Entspannung überging, und tupfte mir nach der Feierlichkeit das Kinn mit einem kleinen Handtuch ab, wie jemand, der in einem Restaurant Suppe gekleckert hat.

Die Frage, was Helmi in der Zukunft (die sich anscheinend mit Riesenschritten näherte) tun wolle, wurde immer wichtiger. Und es hing immer mehr von seiner Antwort ab, auch wenn mir keine einzige einfallen wollte, die mich auch nur im geringsten befriedigt hätte. Merkte meine Mutter etwas von meiner Unruhe und Sorge? Großzügig wie ein Sämann warf sie ständig mit Bemerkungen um sich: »Eine richtige Teenagerliebe ist das zwischen euch. Wartet nur, bis das Sahnehäubchen verschwunden ist.« Oder: »Wenn ihr zusammen seid, sehe ich ihn fast nie lachen. Bräuchte der Junge eigentlich nicht eher ein Mädchen von seinem eigenen Niveau?«

»Wie meinen Sie das?« rief ich mit schriller Stimme.

»Männer mögen keine Frauen, die schneller denken als sie selber. Du willst doch auf die Universität? Und Helmi ist mehr ein Arbeitstier.«

»Bist du wirklich ein Arbeitstier?« fragte ich ihn, das Kinn vorgestreckt. »Hast du nur Arbeit, Arbeit, Arbeit im Kopf? Jetzt hör mal her« – in letzter Zeit schöpfte ich ohne nennenswerte Schwierigkeiten aus dem elterlichen Idiom; in den hinter mir liegenden Jahren hatte ich mir ein komplettes Reservoir von Wörtern, Sätzen und Geräuschen zugelegt, die quer durcheinanderlagen wie Schrauben und Nägel in der Werkzeugkiste eines Tischlers –, »ich will absolut nicht, daß du so wirst wie dein Vater.«

Ich mußte an das denken, was meine Mutter über die Arbeit meines Vaters bei der Fischauktion gesagt hatte: »Da stand er dann mit seinem Bürokopf, seinen Bürohänden. Nach sieben Wochen kam er heulend nach Hause, mit rissigen Händen.«

»Mein Junge, du wirst dick«, sagte ich am nächsten Tag. »Du bist doch nicht etwa unglücklich? Wenn du nicht aufpaßt«, fuhr ich bissig fort, »wirst du genauso dick wie dein Vater. Dann verstopfen sich deine Adern, und du mußt dir früher oder später ein Bein abnehmen lassen.«

»Ich paß schon auf«, sagte Helmi und steckte sich eine Zigarette an. Seine Hand zitterte ein wenig.

»Ja, mach nur, steck dir ruhig noch eine an. Es gibt ja sowieso schon ein paar Fälle von Kehlkopfkrebs in deiner Verwandtschaft.« Ich stieß ein unheimliches, gurgelndes Geräusch hervor.

Ich dachte, es wäre gut für Helmis Entwicklung, wenn ich ihn in die Welt der Kunst und der Sprache einführen würde. Ich würde ihn mitschleifen und ihm sagen, wo er stehenzubleiben hätte. Folglich besuchten wir Museen, Galerien und Buchläden. Ich zeigte ihm die Gemälde, die mich beeindruckten, und musterte ihn gespannt und abwartend. Wenn ich nur das geringste Zeichen der Rührung an ihm entdeckte, fragte ich ihm Löcher in den Bauch. Was er von Bacon und von Balthus halte? Vom Papst mit den beiden Eulen? Außerdem hielt ich ihm lange Vorträge mit philosophischem Anstrich, bei denen Helmi einschlief oder aus Angst, einzuschlafen und einen meiner Wutanfälle zu riskieren, mit großen, trockenen Augen verkrampft dasaß.

Während eines dieser Monologe, den ich hoffnungsvoll angefangen hatte, der dann aber immer kümmerlicher wurde, weil Helmi auf keine meiner provozierenden Thesen und Überlegungen einging, warf ich ihm ein Buch an den Kopf. Ich sprach gerade über Blaubart und die Neugierde. Was mich erstaunt, sagte ich – und ich habe das schön häufiger festgestellt –, ist, daß bestimmte Dinge für so normal gehalten werden, daß sich niemand mehr darüber wundert. Beispielsweise die Tatsache, daß in der Geschichte von Blaubart nur der Neugierde seiner letzten Frau Aufmerksamkeit gewidmet wird. »Weißt du«, sagte ich und setzte mich in Positur, »es ist so: Blaubart heiratet seine letzte Frau. Eines Tages begibt er sich auf eine Reise und überreicht seiner Frau einen Schlüsselbund. ›Siehst du den kleinen Schlüssel, mein Schatz?‹ fragt er. ›Der gehört zu einem Spezialschloß an einer Spezialtür, die du nicht öffnen darfst, denn sonst passiert etwas Schreckliches.‹ Natürlich«, fuhr ich fort, während mir das Herz bis zum Hals klopfte –

mit einemmal kam mir das, was ich zu sagen hatte, außerordentlich wichtig vor –, »natürlich nimmt die Frau den Schlüsselbund. Vom Augenblick des Abschieds von ihrem Mann an denkt sie an nichts anderes mehr. Schließlich hält sie es nicht mehr aus und benutzt den Schlüssel. Sie steckt ihn ins Schloß und öffnet die Tür – und dort im Dämmerlicht baumeln Blaubarts Exfrauen. Sie hängen wie Schafe und Kühe an Haken in der Wand und stinken fürchterlich. Sie schließt wieder ab, ihre Hände zittern. Als sie den Schlüsselbund wieder an der Schnur um ihre Taille befestigen will, sieht sie, daß er blutbefleckt ist. Sie kann reiben und putzen, soviel sie will, das Blut geht nicht mehr ab. Da kommt Blaubart zurück und wird wütend, weil sie sein Verbot ignoriert hat. ›Frau‹, ruft er, ›jetzt muß ich dich töten.‹ Warum aber«, sagte ich, »warum aber sollte jemand, der einen Schlüssel kriegt, den *nicht* benutzen? Als Blaubart seiner Frau den Schlüssel überreichte, hoffte, nein, *wollte* er ja gerade, daß sie die Tür öffnet. Warum hätte er sich sonst soviel Mühe gemacht und die Frauen an Haken aufgehängt? Er will, daß sein Geheimnis gesehen wird und daß sie weiß, sie könnte die nächste sein. Wie groß wäre seine Enttäuschung gewesen, wenn er nach Hause gekommen wäre und sie hätte die Tür *nicht* geöffnet gehabt! Dann hätte er immer öfter eine Reise unternehmen müssen. Dann hätte er ihr immer nachdrücklicher verbieten müssen, den Schlüssel zu benutzen. Dann hätte er nachts vor Aufregung schwitzend im Bett gelegen, kein Auge zugetan, gebetet, gehofft. Geht sie jetzt endlich hinein oder nicht? Folglich«, schloß ich meine Ausführungen mit einem ziemlichen Triumph in der Stimme ab, »ist Blaubart derjenige, der neugierig ist.«

Helmi hatte mich nicht ein einziges Mal unterbrochen. Er lag auf meinem Bett, die Hand unter dem zerknautschten Kissen. Seine Kinnlade hing ein wenig herunter. »Hörst du mir überhaupt zu?« Zornig warf ich mit *Was will das Weib* nach ihm. Es landete mit einer Ecke in seinem Auge; ein empfindliches Element, das viele Bilder, aber nur wenig Berührung verträgt. Er schrie vor Schmerz auf und sprang in die Höhe. Das Weiße um seine Pupille glänzte und verfärbte sich, es wurde erst pink und dann im Augenwinkel feuerrot. Tränen liefen ihm in Strömen über die Wangen. Blind stolperte er ins Badezimmer. Mit einigem Abstand folgte ich ihm, das Gesicht abgewandt, weil ich ihn nicht ansehen konnte, ohne selbst Tränen zu vergießen. Vorsichtig hielt er sich einen nassen Waschlappen vor das Auge, wobei er leise stöhnte; da er aber nichts sehen konnte, stieß er sich den Kopf am Arzneischränkchen, worauf einige Fläschchen und Pillendosen laut scheppernd ins Waschbecken fielen.

»Pssst!« zischte ich.

»Ruhe!« rief meine Mutter. »Verdammt noch mal, hier schlafen Leute.« Die Badezimmertür ging auf, und mein Vater kam herein. Letzte Woche hatte er die Schnitte auf Helmis Rücken entdeckt (es war ein warmer Tag gewesen, und die Jungs hatten beim Grillen die T-Shirts ausgezogen). Er hatte mich mit hochgezogenen Augenbrauen angesehen. »Wie der dich anhimmelt«, hatte er zu mir gesagt, »der vergöttert den Boden, über den du gehst.«

Als hätte ich nicht selbst Augen im Kopf. Als wäre mir nicht klar, daß ich auf den duftenden Rosenblüten ging, die Helmi ausstreute. Später hielt mein Vater mich im Flur fest, er umklammerte mein Handgelenk mit eisernem Griff und sagte: »Wenn du dem Jungen jemals weh tust, Mara... Der ist viel zu gut und hat keinen Kummer verdient.« Wenn er Helmi meinte, warum schaute er dann so gequält?

Mißtrauisch fragte er, was passiert sei.

»Nichts Schlimmes. Er hat sich gestoßen.«

»Zeig mal«, sagte mein Vater. »An was denn?«

Helmi erwiderte nichts, sondern drehte sein purpurnes linkes Auge ins Licht. Sofort begann er zu blinzeln, und das Wasser schoß ihm ins Auge. Da kam auch noch Nicolaj die Treppe herunter. »Was 'n das hier für 'n Lärm?«

»Jetzt reicht's aber, Ende der Vorstellung«, sagte ich hastig. »Er muß einen Waschlappen draufhalten. Es ist gar nicht gut, wenn er ins Licht guckt.«

IV

Wind

Das Studio, in dem das Demo aufgenommen werden sollte, lag ein ganzes Stück außerhalb von N. Auf der Umgehungsstraße drang mir unter dem Helm der stechende Geruch von Jauche in die Nase und trieb mir prickelnde Tränen in die Augen. Wir fuhren an einem Feld voller roter landwirtschaftlicher Maschinen vorbei und kamen schließlich zu einem silberfarbigen Bunker. Im Innern war es kühl. Die Jungs sahen schäbig aus mit den plattgedrückten Fellstücken auf den Schultern und dem Schlamm an den Stiefeln, der auf dem Weg in den Aufnahmeraum von den Sohlen bröckelte und einen sauren Geruch verbreitete. Schließlich sah ich nur noch ihre Köpfe hinter der Doppelglasscheibe und die immer grimmigeren Anweisungen einiger Techniker. Der Mann, der uns hereingelassen und sich als Ian Barskett vorgestellt hatte, war fast kahl und gedrungen. Seine Augen waren hinter gewaltigen Brillengläsern kaum zu sehen. Er hatte muskelbepackte Arme, die aus den Ärmeln eines knappen T-Shirts hervorquollen, und einen im Vergleich mit dem Nacken zu kleinen Kopf, wodurch dieser eine gewisse Ähnlichkeit mit einer abgestumpften Keule hatte. Helmi verschwand beinahe neben ihm.

Lag in dem Blick, mit dem er die Jungs musterte, eine Portion Mitleid?

Das Studio war nicht gerade beeindruckend. Die lokkeren Deckenplatten waren da, wo Feuchtigkeit eingedrungen war, mit grauen Flecken übersät, und auf dem Boden lag ein riesiges Knäuel aus Kabeln und Drähten wie ein Nest voller Schlangen.

Der Mann wischte zwei oder drei Bücher und ein paar Blätter von einem Tisch und fragte sie nach ihrer Lieblingsmusik. Wenner fühlte sich schnell in seinem Element und begann zu faseln. Er hatte seine dünnen Arme auf seltsame Weise verschränkt, so daß er an einen Houdini erinnerte, der sich in seinen eigenen Gliedmaßen verfangen hat.

»Du kannst sie hier nicht hören«, sagte der Mann, nachdem die Jungs in Begleitung einer Handvoll Techniker einen schalldichten Raum betreten hatten. »Wenn du dich langweilst, hier hast du was zu lesen.« Ich bedankte mich und blätterte für ungefähr zwanzig Minuten gehorsam in den alten Zeitschriften, bevor ich um Papier und Stift bat, damit ich ein paar Skizzen machen konnte. Ich dachte, daß er sich neben mich stellen würde, um zu sehen, was ich malte, weil das Auge nun einmal wissen will und sich am meisten nach diesen drei Dingen sehnt: nach Schönheit, nach einer geliebten Person (so daß es einen Orientierungspunkt hat und nicht ewig umherzuschweifen braucht) und nach Grausamkeiten. Doch er kam nicht, sondern ging in den Raum, in dem die Jungs spielten, und tauchte erst eine halbe Stunde später wieder auf. Über der Tür hingen grobkörnige Fotos von Künstlern, die ich jedoch nicht erkennen konnte, weil auch der Rauch, der ihnen in dichten Schwaden vor den dunklen Gesichtern hing, vergrößert worden war.

»Wer von denen ist denn jetzt dein Freund?« fragte er.

»Ich bin allein«, sagte ich.

Da er derart dicke Brillengläser hatte, ließ sich nicht sagen, ob er mich jetzt von der Seite ansah oder nicht.

»Der Sänger hat 'ne leichte Falsettstimme, nicht wahr? Ganz ordentlich. Nicht gerade originell, aber ganz ordentlich. Der Bassist liegt manchmal ein wenig daneben.«

Ich lief knallrot an und ließ den Stift fallen.

»Ich hab schon mal was Besseres gehört«, sagte er. »Aber oft auch schon was Schlechteres.« Danach sagte er, daß es von den Leuten abhänge, bei denen man Klinken putzen gehe, und von der eigenen Willensstärke. »Hier in der Region herrscht ein gewisser Bedarf an Gruppen mit einem eigenen Sound.« Er sagte, daß er viele Leute beim Rundfunk und bei den Plattenfirmen kenne. »Wenn es aber um Auftritte geht, dann spielt auch das Äußerliche 'ne wichtige Rolle, aber das kann ich nicht beurteilen, dafür kann ich zu schlecht sehen.«

»Wie schlecht denn?« fragte ich.

»Fünfzehn Prozent«, erwiderte er. »Dafür ist mein Gehör um so besser... fast absolut.« Irgendwie blieb das Wort »absolut« hängen, auch als sich das Gespräch in eine ganz andere Richtung entwickelte und ich voller Feuer das Problem der unmöglichen Skizze anschnitt, der Skizze, in der man anwesend ist und zugleich auch wieder nicht und über die man sich erhebt und zugleich auch wieder nicht (»aber nicht auf eine derart stinklangweilige Art und Weise wie bei Escher, diese Hände, die einander zeichnen, und diese Vögel, die sich aus dem Blatt Papier erheben«).

Die Jungs schickten die Probeaufnahmen an verschiedene Plugger und fischten, erst erwartungsvoll, dann enttäuscht und schließlich teilnahmslos, das braune Päckchen aus dem Briefkasten. Nach einer Weile lasen sie nicht einmal mehr das beigefügte Standardschreiben. Vom Barracuda, dem Jugendzentrum von S., kam jedoch wirklich – wie Helmis Vater angekündigt hatte – eine Einladung. Die Jungs durften auftreten. Ein paar Wochen lang herrschte reges Interesse in der Siedlung, in der sich diese Neuigkeit wie ein Lauffeuer verbreitete, und Abend für Abend versammelten sich die anderen Jungs und Mädchen voller Bewunderung in der Dachkammer meines Bruders. Für kurze Zeit verhielt Helmi sich distanziert und saß, ein geheimnisvolles Lächeln auf den Lippen, schweigsam in der Fertiggarage, wo er endlos vor sich hin dudelte und virtuose Läufe übte. Einmal kam ich überraschend rein. Diese Konzentration auf seinem Gesicht hatte ich bisher immer nur dann gesehen, wenn er verbissen – mit einem Lächeln, das Ähnlichkeit mit einem Krampf hatte – sein Becken gegen meins stieß und in mich eindrang. Um sich auf den Auftritt vorzubereiten, übten die Jungs jetzt an vier Abenden in der Woche.

Wochenlang war Helmi so nervös wie eine Fledermaus in einem Raum ohne Gegenstände oder Wände. Kurz nach dem aufmerksamen Abhören ihrer alten Bänder verlor Helmi auf einmal jedes Interesse und sagte, er werde nicht spielen, obwohl schon alles arrangiert war. Sein Vater wollte das ganze Zeug mit einem Bus hinbringen und wieder abholen, und Nicolaj hatte sich als Roadie gemeldet und wollte sich um den Aufbau der Anlage kümmern.

»Ich tu's nicht«, sagte Helmi. »Sucht euch einen anderen. Ich hab keinen Bock. Ich bin doch nicht verrückt. Ich weiß genau, daß ich nur ein Amateur bin.«

Also klopfte Nicolaj an die Tür und bat mich, hinauszugehen, damit er mit Helmi reden könne. Danach kamen Wenner und schließlich auch Hans und Angus, und alle sagten das, woran sie ebensowenig wie Helmi glaubten: daß er unersetzlich für die Band sei. Sie sagten, sie hätten jemanden vorspielen lassen, daß es nun aber zu spät sei, ihn noch einzuarbeiten. »Jetzt hängt alles an dir«, sagte Wenner in einem Ton, den jemand anschlägt, der einsieht, daß er im Interesse des großen Ganzen einen Schritt zurück machen muß, und sich – um seinen guten Willen zu demonstrieren – sogar ganz zurücknimmt, sich erniedrigt, wenngleich auch deutlich aus der Position desjenigen heraus, der sich das leisten kann. Ich hörte auf dem Flur mit. Letztendlich ließen sie mich entmutigt herein, und ich betrachtete den Leguan in seinem Terrarium und die Kissen auf seinem Bett. Dann sah ich durchs Fenster, sah den Kanal, der dunkel war und die Farbe einer ägyptischen Mumie hatte. Pflichtschuldig trug ich meine Argumente vor.

»Jetzt komm schon, Helmi«, sagte ich. »Werd endlich vernünftig. Denk doch auch mal an die Jungs. Ihr habt euch schon so lange darauf vorbereitet.« Ich sagte, daß es Ian zufolge ganz passabel geklungen habe, und fühlte mich mütterlich und leicht besorgt.

»Und dann?« platzte er plötzlich heraus. »Wir treten auf, und dann?«

Auf einmal hoffte ich, daß er nicht nachgeben würde, daß er die Zähne zusammenbeißen und tatsächlich bei seiner Weigerung bleiben würde. Doch als ich ihn immer weniger drängte, gab er nach, rief seine Brüder herein und sagte gönnerhaft, er werde noch einmal darüber nachdenken.

Am Abend des Auftritts verlor ich vorläufig den letzten Rest zärtlicher Gefühle für Helmi und tauschte diese gegen Scham. Den ganzen Tag über hatten die Jungs Boxen, Lautsprecher, Kabel, Gitarren und Schlagzeugteile geschleppt. Nicolaj half ihnen beim Soundcheck. Auf Zehenspitzen stand er vor dem Mikrophon, blies hinein und klopfte mit dem Finger darauf. Rülpste laut.

»Test, Test! Eberklöten! *Eberklöten.*«

Wenner machte einen auf umgänglich und entspannt und klopfte mir im Vorbeigehen auf die Schultern. Aber als er aus der Toilette kam, schwitzte er stark, und seine Pupillen hatten sich geweitet. »Wir kommen ziemlich gut voran«, sagte er mit rauher Stimme.

Wissen und Lust befinden sich auf einander gegenüberliegenden Seiten. Zwischen ihnen liegt ein verschmutzter Fluß. Du kannst entweder auf der einen Seite stehen oder auf der anderen, wenn du aber zum anderen Ufer willst, mußt du bis zu den Oberschenkeln ins Wasser. Auf der einen Seite steht Romeo, in einer prachtvollen Tunika, die ihm locker um die Lenden fällt. Er ruft nach seiner Julia, er ruft nach Schönheit und Liebe. Auf der gegenüberliegenden Seite steht, in einer ebenso prachtvollen Tunika, Julia, mit johannisbeerfarbenen Lippen. Sie lauscht und ruft zurück, aber, oh je, oh je, es ist nicht mehr zu ertragen, so falsch und flach klingt ihre Stimme.

»Du hast doch keine furchtbaren venerischen Krankheiten?« ruft sie. »Was war das vor kurzem für ein schmieriger, stinkender Tropfen da unten?«

Ob Romeo sich das anhören und sie danach noch immer mit derselben Intensität lieben kann?

Helmi hatte dunkle Flecken unter den Armen. Von Bauchschmerzen sagte er kein Wort, doch da seine ganze Familie an Darmschwäche litt, war es lediglich eine Frage der Zeit, bis auch er in die Wasch- und Umkleideräume eilte. Ich folgte ihm auf dem Fuß. Hatte ich es nicht gesagt? Da öffnete er schon die grünen Resopaltüren und blieb dermaßen lange sitzen, daß ich mich fragte, ob er nicht vielleicht ohnmächtig geworden sei. Es kam mir wie eine Sache der Unmöglichkeit vor, daß Helmi und ich letzte Nacht miteinander geschlafen hatten. Daß ich ihn auf den Bauch geküßt, ihm meine Nase in die Achselhöhle gedrückt und meine Hände um den vollen, schweren Beutel unten an seinem Bauch gefaltet haben sollte. Alexander eroberte die Welt, als er noch keine achtzehn war. Napoleons Eroberungssucht kannte keine Grenzen, und Herkules war schon als Kind stark wie ein Löwe. Ja, meine Kleine, murmelte ich, das ist dein König Drosselbart. Er legt gerade seinen Magen und seine Lungen in die Schüssel.

Während des Auftritts trug er ein weißes T-Shirt und seine Jeansjacke mit dem Rattenpelz. Ich hatte ihn geschminkt, doch das Licht (ein intensives, bläulich-weißes Neon) ließ ihn traurig und hohläugig aussehen. Er streckte den Kopf nach vorn und fletschte die Zähne, wie schon Tausende von Bassisten vor ihm irgendwann einmal dem Publikum die Zähne gezeigt und die Zunge herausgestreckt hatten. Doch bei ihm steckte ein nervöses Flackern dahinter, und immer wenn sein Blick den eines anderen kreuzte, sah ich, wie die Angst wie eine Fackel in ihm aufflammte. Der Schweiß triefte ihm von der Stirn und zog Furchen in die dick aufgetragene Schminke. Unter seinen Armen breiteten sich schmutzig-dunkle Flecken aus.

»Du mußt dir immer die Frage stellen«, hatte Ian Barskett am Tag der Aufnahmen gesagt, »warum ein bestimmtes Stück genau diese Struktur hat.«

Ich hatte keine Ahnung, warum die Musik der Band so war, wie sie war. Sie hatte keine Melodie, keinen Rhythmus. Nein, das stimmte nicht. Sie *hatte* Melodie, *hatte* Rhythmus. Das war ja das Schlimme an der Sache. Sie hatte alles, was sie haben mußte – und doch stimmte sie hinten und vorne nicht. Es gab Überschneidungen, vor allem aber war es möglich, jede Note aufgrund der vorherigen vorherzusagen. Auch das weitere Leben der Band – und meins – schien mit einemmal klar und überdeutlich vor mir zu liegen.

»Von allen Künsten schafft es nur die Musik, Emotionen, Stimmungen und Gefühle hervorzurufen und rüberzubringen.«

Ich fühlte mich elend.

Niemand lachte oder grölte, der Abstand zwischen der Stelle, an der wir standen, und der Stelle, an der sie standen, sowie der Abstand zwischen den Fingern, die die Saiten berührten und das Schlagzeug bearbeiteten, und den Fingern, die in die Bierbecher griffen, war zu gering. Es kam mir vor, als könnte ich mich selbst dastehen und spielen sehen, um mit jedem Ton mehr Mittelmaß zu produzieren, bis dieses Mittelmaß nicht nur zur Norm, sondern beinahe zu etwas Liebem und Teurem wurde.

Hier standen wir. In diesem Raum mit Hockern und Sitzecken, mit gestrichenen Säulen und an die Wände genagelten Masken. Auf dem Boden lag ein Teppich aus spitzen Plastiksplittern, und draußen, hinter uns, zog der Lek seine wäßrige Schneckenspur durch die Landschaft, am Fort, an den Lehmgruben und den Überflutungsräumen vorbei. Das Tuckern der Lastkähne auf dem Fluß wurde von dem tiefen, sonoren Baß aus den Boxen und dem übersteuerten Gellen der Gitarren übertönt. Auge, Nase, Herz, Ohr – sie häufen ihre Schätze nicht gleichzeitig an, sondern erwerben ihre Kenntnisse auf unterschiedliche Weise, zu verschiedenen Zeiten.

Kalte Schauder überliefen mich, so furchtbar war die Musik. Ich sah jeden Hauch eines Fehlers, hörte jede falsche Note. Helmis Hand zitterte, und er blieb mit dem Plektrum an einer Saite hängen. Er schwenkte die Gitarre und kam dabei zu nahe an die Boxen heran. Ein surrendes, vibrierendes Geräusch schlängelte sich durch den Saal, kreiste, stieg in Drehbewegungen in die Höhe und blieb wie ein nasses, faseriges Knäuel unter der tiefen Decke hängen. Es war, als würde auf dem Podium die Luke eines alten Schiffes geöffnet und als könnte man dort ein uraltes Orchester sitzen sehen, das schon seit Tausenden von Jahren lediglich nachspielen durfte, was es oben hörte, so daß es immer ein wenig zu spät war, nicht synchron, und ungenau.

Wenner rannte über das Podium wie ein Mann, der merkt, daß er in Brand steht, und stieß sein Becken aufreizend und wollüstig nach vorne.

Jemand öffnete die dunklen Türen und rief von der gefliesten Halle aus, daß die Toiletten überlaufen würden. Ich verließ den Saal. Aus der Toilette schlängelte sich ein mehrere Meter langes hellgraues Band in den Gang. Ein Fluß aus Klopapier. »Fluß, kleiner Fluß«, murmelte ich. Dann stieß ich mit jemandem zusammen, den ich nicht gleich erkannte, weil die sonst so ordentlich frisierten Haare jetzt in einem klebrigen, spitz zulaufenden Pferdeschwanz lustlos herunterhingen.

»Es gießt in Strömen«, sagte Querelle, der im Licht der grellen Leuchtstoffröhren viel älter wirkte, ein typischer Italiener mittleren Alters.

Hätte man Orpheus im Hades auch erlaubt, nach Eurydike zu suchen, wenn er ein mittelprächtiger Musiker gewesen wäre?

Im Garten unseres Hauses verweigerte ich Helmi später den Zutritt. Ich verschränkte die Arme und stellte mich ihm in den Weg. Die Blätter des Gemeinen Efeus hingen über meinem Kopf.

»Geh schon, geh nach Hause«, sagte ich und fuchtelte mit der Hand. »Auf, auf, nach Hause.«

»Was ist denn auf einmal mit dir los?« fragte er. Er sah todmüde aus, der Schweiß, der im Abendwind in Streifen getrocknet war, verlieh seiner Stirn einen schmuddeligen Anblick. Seine Augen waren weit aufgerissen.

»Ich bin krank«, sagte ich und wurde krank, während ich das sagte. »Geh schon, geh nach Hause, leg dich hin.« Ich meinte, oben Nicolaj zu hören. Ich blickte hinauf und sah den matten Schimmer zweier kleiner roter Lampen. Helmi unternahm keinen Versuch, mir zu folgen. Gekränkt drehte er sich um und verschwand. Der Motor seines Mofas stotterte.

Ich ging zu Bett, schlug auf mein Kissen ein, weinte und fühlte ein starkes Verlangen nach Helmi. Leise ging ich die Treppe hinunter und rief ihn aus unserem dunklen Wohnzimmer an; nachdem es am anderen Ende acht- oder neunmal geklingelt hatte, nahm jedoch Helmis Vater schlaftrunken ab. Ich legte auf und schlich zum Maltisch meines Vaters, wo ich so tief aus einer Terpentinflasche inhalierte, daß mir Tränen in die Augen schossen und mir Flüssigkeit aus der Nase lief. Für kurze Zeit konnte ich nichts mehr sehen, und ich mußte nach Luft schnappen. Prustend wankte ich in die Küche und stieß dort mit Nicolaj zusammen, der sich offenbar gerade hereingeschlichen hatte. Er öffnete den Kühlschrank und nahm aus dem Tiefkühlfach zwei Frühlingsrollen, die er mit dem Messer seitlich aufschnitt. Er holte mit einem Löffel die Füllung heraus und legte die leeren Teighüllen ordentlich zurück in die Verpackung. »Lecker«, sagte ich. »So kommen wir also zu der öligen Pampe.« Ich hielt meinen Kopf unter den Wasserhahn.

»Wo ist Helmi?« fragte Nicolaj, der die Sojasprossen mit der Gabel auf einem Teller verteilte.

»Zu Hause«, sagte ich. »Er ist nicht verpflichtet, hier zu sein. Wir wohnen in einem freien Land, und er ist ein freier Mensch.«

»Hast du dich wieder mit ihm gestritten?« Er musterte mich mit demselben forschenden Blick, den auch mein Vater draufhatte, wenn er mich verdächtigte, Streit vom Zaun gebrochen zu haben. Je stärker sie Helmis freundlichen, sanften Charakter hervorhoben, desto mehr Schwäche entdeckte ich. Fehlende Entschlußfreudigkeit.

»Müßtest du nicht mal wieder zum Frisör?« fragte ich. »Wie wär's mit einem mediterranen Touch?« Zufrieden sah ich, wie er rot anlief.

Am nächsten Tag schlich ich mich ins Schlafzimmer meiner Eltern, in dem auf einem Bambustischchen am Fenster ein Telefon stand, und rief Ian Barskett an. Ich ging davon aus, daß er keine Ahnung haben würde, wer ich war.

»Mara Astheim«, meldete ich mich und wollte schon hinzufügen, daß ich vor einem knappen halben Jahr bei ihm im Studio gewesen war, weil ich seine Meinung zu einem Text hatte hören wollen, den ich verfaßt hatte, als er mich mittendrin unterbrach und sagte: »Klar, ich erinnere mich. Du warst bei den Jungs mit den schwachen Stimmchen.«

Log er, oder konnte er sich wirklich an uns erinnern?

Ich fragte, ob ich mal bei ihm vorbeischauen dürfe. Ich sagte, daß ich gerne seine Meinung zu einer Nummer hören wolle, die Helmi auf einen Text von mir geschrieben habe – was zwei Lügen in einer waren: Ich hatte zwar einen Text, aber das war ein ziemlich deprimierendes Gedicht, das ich vor ein paar Tagen verfaßt und Helmi vorgetragen hatte, der still und aufmerksam zugehört und anschließend vorsichtig gesagt hatte, daß er es nicht für etwas halte, was vertont werden sollte. Und Helmi hatte wirklich einen Song geschrieben, den er aber liegengelassen hatte. Und die Meinung eines Dritten dazu war wahrscheinlich das Letzte, was er gewollt hätte.

»Natürlich«, sagte er. »Komm ruhig mal vorbei.« Geduldig beschrieb er den Weg. »Einen Augenblick«, sagte ich und holte ein zusammengeknülltes Blatt Papier aus meiner Tasche. Ich notierte mir seine Adresse mit dem Eyeliner, als ich auf einmal ein Klicken hörte. »Ich muß auflegen«, sagte ich, »unten will jemand telefonieren.«

Ian wohnte schon seit sechs Jahren im Erdgeschoß eines alten weißen Hauses, dessen Wert in den letzten Jahren gestiegen sei, wie er sagte. Noch ein Jahr würde er hier bleiben, dann könnte er es mit ordentlichem Gewinn verkaufen. »Auf dem Land leben ist in«, sagte er. »Echt, manche Leute würden dafür jemanden umbringen.« In seinem Wohnzimmer stand eine rote, abgewetzte Couch. Als ich mich daraufsetzte, stieg mir der betäubende, alles durchdringende Geruch eines Hundes in die Nase. Der dazugehörige Hund, ein großer, tolpatschiger Retriever, der arglos Schleim aus seinem Maul auf den Boden tropfen ließ, lag ausgestreckt auf einer Matte vor dem Sofa, seine Ohren nach unten geklappt, und hechelte leicht.

Ian fragte mich nach der Schule, und ich sagte, daß ich in der zehnten Klasse war und alles mehr als satt hatte, das ganze kindische Getue und diese lahmarschige Schulleitung. Er sagte, er könne sich das gut vorstellen, weil er selbst auch mit vierzehn von der Schule abgegangen sei und in Australien auf dem Bauernhof seines Vaters angefangen habe zu arbeiten. Ich fragte mich, wie es kam, daß dies bei ihm wie eine richtige, durchdachte, ja sogar mutige Entscheidung klang, während ich, wenn ich an Helmi dachte, der in letzter Zeit ebenfalls vorsichtig mit dem Gedanken spielte, zumindest auf das zusätzliche Ausbildungsjahr zu verzichten und statt dessen »die Ärmel hochzukrempeln«, lediglich das Schreckensbild von einem Helmi vor Augen hatte, der ein Abziehbild seines gebrochenen und abgeschlafften Vaters war.

Später holte er ein paar Kassetten aus dem Schrank. »Das sind meine Bücher«, sagte er und erklärte, daß er sie über die Blindenbibliothek erhalte.

»Aber du bist doch nicht blind?«

»Nicht ganz«, sagte er. »Aber beinahe. Das hat mit meinem Diabetes zu tun.«

Beinahe blind und ein absolutes Gehör.

Das fand ich ungeheuer aufregend, als könnte er doch alles sehen, als würden die verschwommenen Flecken und Bewegungen, die er, wie er sagte, wahrnehmen könne, mich viel sichtbarer machen.

Später hörte ich mir mit einem Kopfhörer Auszüge aus »Frühstück bei Tiffany« an.

Ian saß neben mir und hörte sich eine Kassette in seinem Walkman an. Als er mir seinen Kopfhörer reichte, schnappte ich Fetzen eines Gesprächs auf, bei denen ich Feuer fing. »Ja, du hast recht; dreizehn Zoll lang und ein Umfang von achteinhalb. Das ist ja der reinste Superpimmel.« – »Du bist mir vielleicht eine. Aber ich gebe zu, er ist jedenfalls ehrlich...«

In den darauffolgenden Wochen radelte ich jeden Donnerstag nach der Schule zuerst zu Ians Haus. Ich hörte mir die Kassetten an, spülte ihm das Geschirr, ganz überrascht, wieviel Spaß es mir machte, mit den Händen in das warme Spülwasser einzutauchen, die Kaffeeränder von den Tassen zu reiben und mit den Nägeln die gelben Fetträndern aus den Auflaufformen zu kratzen, während er hinter mir in der Küche herumwerkelte und ab und zu eine Hand ausstreckte, um das saubere Geschirr in die Schränke zu stellen.

Wie Ian das Zimmer betrat und Tassen auf dem Tisch abstellte, wie er den Kopf leicht nach hinten geknickt hielt, so wie Kinder das tun, wenn sie etwas andächtig mustern – es nahm mir den Atem. Manchmal ließ er Teller oder Tassen fallen und fluchte – auch das nahm mir den Atem. Inzwischen war ich vollkommen in die Kassette eingeweiht, der ich beim ersten Mal mit knallrotem Kopf gelauscht hatte.

»Nun piß schon, piß endlich, mein Kind, oh du herrliche Fontäne«, rief einer der adligen Akteure auf der Kassette, während ich Ian mit dem Blick verfolgte, wie eine Katze eine Maus verfolgt, berauscht von einem leichten Schwindelgefühl, das von der Kombination seiner Bewegungen und der Wörter auf der Kassette verstärkt wurde, als wäre er ein Schauspieler und als kämen die Wörter von einem Souffleur.

Nach etwa zwei Stunden ging ich nach Hause. Ich aß gemeinsam mit meinen Eltern und mit Nicolaj, lag eine halbe Stunde lustlos auf dem Bett und spazierte dann zu Helmi, wo ich fügsam – und sanftmütiger als sonst – den musizierenden Jungs lauschte.

Manchmal holte Helmi mich bei Ian ab. Ich hatte ihn nach dem zweiten Besuch aufgeklärt und ihm erzählt, daß ich bei Ian kleinere Arbeiten erledigen würde, wegen dessen Sehschwäche, und tatsächlich hatte ich Ian – indem ich ständig über Geldmangel klagte – dahin gekriegt, daß er mir den einen oder anderen Auftrag gab.

»Das ist also doch dein Freund«, sagte Ian. Mit dem zweiten, für mich bestimmten Helm in der Hand kam Helmi schüchtern über den Pfad und klopfte an die ungestrichene Tür. Ian erkundigte sich jedesmal sehr freundlich und interessiert nach »Wishbone«, und Helmi – der in seiner Nähe beinahe kein Geräusch mehr hervorbrachte – sagte, daß sie regelmäßig proben und demnächst wieder auftreten würden.

Ian machte es offenbar Spaß, mich von Helmi erzählen zu hören, ich aber hatte den Eindruck, als würde Helmi in meinen Geschichten noch dämlicher und unbeholfener, und ich wußte bald überhaupt nicht mehr, was mich um Himmels willen noch mit ihm verband. Dafür riß ich gemeine Witze auf Helmis Kosten. Solange ich nur kühl und distanziert von ihm erzählte, war es, als würde ich den Abstand zwischen uns vergrößern und als wäre er jemand, der schon voll und ganz der Vergangenheit angehörte.

»Wie lange kennt ihr euch denn schon?« fragte Ian.

»Oh, das weiß ich nicht so genau«, sagte ich.

»Eine richtige Jugendliebe, was?« fragte er beim nächsten Mal. »Ihr hängt wohl ziemlich aneinander?«

Eines Tages nahm ich einen Stift und zeichnete eine gnadenlose Karikatur, die Ian natürlich nicht richtig sehen konnte. Ich beschrieb sie ihm also genauestens. Daraufhin drückte er seine Nase beinahe ganz auf das Blatt. Er nahm es in beide Hände und suchte – indem er es abwechselnd weiter von seinen Augen weghielt und dann wieder näher heranbrachte – nach der richtigen Entfernung. Er brüllte vor Lachen. Ich hatte Helmis Rumpf kompakter gemacht und seine Gliedmaßen in die Länge gezogen, so daß seine Arme und Beine den Keimlingen einer Kartoffel ähnelten. Indem ich um seine Pupillen Kreise gezogen hatte, war es mir irgendwie gelungen, seinen schmachtenden Blick ganz gut zu treffen. Seine Nase hatte ich, ebenso wie seinen Pimmel, grotesk vergrößert und beide mit Saiten miteinander verbunden, die er, wie die bibbernden Musiknoten über ihm bewiesen, nicht allzu virtuos zupfte.

Als Helmi gegen fünf sein Mofa abstellte und herangeschlurft kam, war es, als haftete ihm die Karikatur an. Gut möglich, daß sie aus dem Papierkorb geflattert war, um sich draußen zu entfalten und an ihn zu schmiegen.

»Mensch, Mara hat da wirklich was ganz Tolles gemacht«, sagte Ian.

Später zeigte ich ihm den Song, den Helmi geschrieben hatte. »Ganz ordentlich«, sagte er wieder, die Nase dicht über dem Papier. Irgendwie klang dieses »ganz ordentlich« viel schlimmer als »furchtbar« oder »gräßlich«.

Irgendwann einmal holte ich einen kurzen Brief, den Helmi mir geschrieben hatte, aus der Hosentasche und las ihn vor. Spöttelnd erzählte ich von der Phase, in der wir einander – um eine eigene Sprache zu haben – rückwärts geschrieben hatten: »hcI ebeil hcid.«

In meinen Träumen war mir ein grinsendes Schaf mit gelben Zähnen auf den Fersen. Es verfolgte mich mit hoher Geschwindigkeit und war sehr lebendig. So schnell ich konnte, rannte ich vor ihm weg und kam unterwegs an der Garage vorbei, in der ich die Jungs proben hörte. Ich rannte weiter. Meine Absätze schlugen Funken, doch das Schaf, das offensichtlich über eine ausgezeichnete Kondition verfügte, trabte neben mir und vor mir und konnte mühelos mit mir Schritt halten.

»Helmi?« fragte ich vorsichtig; mit ihm reden war nämlich dem Erzeugen von Seifenblasen immer ähnlicher geworden: Wenn man die Luft aus den Lungen allzu heftig durch den Strohhalm preßt und übermütig immer größere und größere Seifenblasen zu erzeugen versucht, platzen sie, oder der Schaum fällt auf den Lippen in sich zusammen.

»Was hast du vor, wenn du die Schule hinter dir hast und so?«

Er zuckte mit den Schultern. »Halt so«, sagte er nach einer langen Pause. »Arbeiten.«

»Ja, aber *was* arbeiten?«

»Was weiß ich?« sagte er. »Erstmal, was ich kriege. Irgendwas im Straßen- und Wasserbau.«

»Du willst dich also krumm schuften«, sagte ich, »genau wie dein Pa, und dann mit einem kaputten Rücken auf der Couch warten, bis du stirbst.«

»Sein Rücken ist nicht kaputt«, sagte Helmi. »Seine Haltung ist schlecht.«

Nach solchen Gesprächen wollte ich mich eigentlich nicht berühren lassen. Wenn ich seinem drängenden Streicheln nach einiger Zeit doch nachgab, dann fand ich, daß darin etwas Weiches war, das mich an Nudeln erinnerte, die zu lange gekocht hatten. Distanziert beobachtete ich, wie er seinen Mund in meine Achselhöhle drückte oder sein Gesicht an meinem rieb, wie ein

Hund mit Juckreiz. Lustlos und desinteressiert musterte ich Helmis Schwanz. Ich nahm ihn in die Hand. Schüttelte ihn ein wenig und ließ ihn mürrisch wieder los. Helmi lag mit dem Rücken auf der Luftmatratze. Ich schnippte mit den Fingern gegen seine Eier, nahm seinen rosabraunen, leicht schwitzenden Sack in die Hand und zupfte daran, als wäre er ein Zellstofftuch. Ich nahm einen leichten Moschusgeruch wahr.

»Wenn du noch ficken willst«, sagte ich, »dann mußt du es *jetzt* tun, mir fallen nämlich gleich die Augen zu.« Kühl drehte ich mich um. »Weißt du was«, sagte ich, »du darfst mich wachficken.«

»Willst du das?« fragte Helmi. Gleichgültig zuckte ich mit den Schultern. Jemand, der nicht weiß, was er will, und die Entschlußkraft eines anderen nötig hat, um etwas auf die Reihe zu kriegen, ist nichts anderes als ein Schwamm. Er drehte sich um, schob sich schwer wie ein Balken auf mich und fing an, mich sanft im Nacken zu küssen.

»Laß das.«

Unerträgliches Sabbern auf meiner Schulter.

»Das auch!« Ich riß mich los und setzte mich auf.

»Einfach *ficken*!« rief ich und machte die allseits bekannte Gleitbewegung mit den Fingern. »Kannst du das nicht? Hoch mit dem Ding, rein und raus, und fertig. So furchtbar schwierig ist das doch nicht.«

Helmi erstarrte für einen Moment, dann beugte er sich wieder über mich und fing an, mich äußerst behutsam zu streicheln, wie ein Einbrecher, der einen wachsamen Hund streichelt. »He, Kleines«, sagte er und knabberte an meinem Ohr. Nein, es ist nicht schwierig, ordinär und banal zu werden.

Es ist verblüffend einfach.

Es kam die Einladung zu einem weiteren Auftritt. Dieses Mal an einem Abend in der Sint-Jan, einer alten, leerstehenden Kirche im Zentrum von S., in unmittelbarer Nähe eines alten Pfarrhauses, in der meistens Feste und Partys stattfanden und die alle zwei Monate in einen Palast für Jugendliche verzaubert wurde.

Den ganzen Tag lang sah ich zu, wie die Jungs ihre Vorbereitungen trafen, ihre Anlage hineinschleppten und endlos Punktstrahler einstellten. Nicolaj kroch auf dem Boden herum, die Hände voller Kabel. Nachmittags gegen drei wäre ich vor Langeweile beinahe eingeschlafen.

»Macht es dir was aus, wenn ich ein bißchen mit dem Rad in der Gegend rumfahre, bis euer Auftritt anfängt?« fragte ich.

Du fährst einfach ein Stück mit dem Rad spazieren, machte ich mir selber vor.

Du fährst auf dem Deich am Lek entlang und machst an der Schleuse kehrt. Dort blickst du kurz nachdenklich über das Wasser und fährst dann nach Hause. Ißt eine Kleinigkeit. Wäschst dich. Ziehst andere Sachen an und gehst wieder zur Sint-Jan-Kirche zurück, um dir »Wishbone« reinzuziehen. In dem Augenblick, in dem ich beinahe gegen Ians Haustür geknallt wäre, redete ich mir noch immer ein, daß ich einfach nur spazierenfuhr. Ich versprach mir, nicht lange zu bleiben. Wie schon häufiger traf ein Teil von mir einen Entschluß, und ein anderer Teil ließ sich widerstandslos mitschleppen.

Ein Junge von ungefähr sieben Jahren machte auf.

Ich war überrascht. Ich wußte, daß Ian einen kleinen Sohn hatte, einen kleinen Sohn und eine Exfreundin. »Es ist ziemlich kompliziert«, hatte er gesagt. »Wir haben wegen Tony natürlich noch viel Kontakt miteinander.« Die beiden wohnten jedoch irgendwo anders, sie hatte eine Zahnarztpraxis in L.

Alles schön und gut, aber hier stand ein richtiges Kind, aus Fleisch und Blut.

»Ist dein Vater da?« fragte ich. Der Kleine warf mir einen raschen Blick zu und rannte anschließend schnell zurück in den Flur.

»Hallo?« Als ich mir gerade die Frage stellte, ob ich einfach hineingehen sollte, kam eine große, gutgekleidete Frau mit kurzen schwarzen Haaren an die Tür.

»Ja?«

Erst schwankte ich zwischen: »Ich möchte zu Herrn Barskett«, und: »Ist Ian da?«, dann entschied ich mich für letzteres; sie brauchte nicht zu denken, daß ich hier eine Fremde sei. »Ian«, rief sie über die Schulter, »hier steht ein Mädchen für dich.«

Ian kam in den Flur, und für eine Sekunde überzog eine rosarote Glut sein Gesicht. »He, Mara«, sagte er, ein wenig heiser. »Komm rein.«

Die Frau stellte sich freundlich als Sylvia vor und gab mir eine trockene Hand. Ich betrat hinter ihr das Zimmer und fühlte mich fremd und unbehaglich. Der Junge lag mit dem Kopf nach unten auf der Couch und spielte mit den Ohren des Retrievers. Ganz kurz hatte ich eine Vision, in der er von der Couch fiel und sich das Genick brach.

»Nun«, sagte die Frau, mich nachdenklich musternd, »dann belassen wir's fürs erste hierbei. Ich hol Tony also gegen sechs wieder ab, okay?« Irgendwie schien der Raum mit der Frau darin einen Teil seiner Anziehungskraft zu verlieren, und mir fielen nicht nur die Löcher im Chintz der Couch auf, sondern auch die Flecken im Teppich und die Tapete, die sich in den Zimmerecken leicht von der Wand ablöste.

»Wenn du willst, kann Tony auch hier übernachten«, sagte Ian mit einer viel weniger tiefen Stimme als sonst.

»Oh.« Sie lachte auf. Ein eigenartiges Lachen, fand ich. »Oh.« Sie nahm eine Zigarettenschachtel vom Tisch, auf dem ein grüner Aschenbecher voller Kippen stand.

»Hörst du, Tony? Möchtest du bei Papa übernachten?« Der Kleine saß inzwischen auf dem Fußboden und zog ziemlich fest an der Unterlippe des Retrievers, was mir nicht sehr vernünftig vorkam. Er nickte gleichgültig.

»Nun, wenn es für Tony kein Problem ist«, sagte sie, »dann finde ich es auch in Ordnung.« Sie ging zu dem Kind, das sich an sie schmiegte und ihre Beine mit den Armen umfaßte. Sie hatte ein angenehmes Parfüm, das nach Zimt und feuchtem Holz roch.

»Gut aufpassen, *Liebchen*«, sagte die Frau plötzlich im Weggehen und strich mir mit den Fingern durch die Haare.

Kaum war sie weg, sprang der Kleine auf und rannte wie wild im Zimmer hin und her. Immer wenn ich etwas sagen wollte, stampfte Tony fest auf den Boden. Ian blieb noch eine Zeitlang sitzen, stand dann aber auf und hob das Kind in die Höhe. Ich fand, daß es Ian überhaupt nicht ähnlich sah. Sylvia auch nicht. Tony hatte rote Haare und ein schmales, spitzes Gesicht mit überraschend blauen Augen.

»Wie wär's, wenn du uns, Mara und mir, etwas Lekkeres zu essen machen würdest?«

»Warum?«

»Dann können wir uns unterhalten.«

»Ist sie vom Krankenhaus?«

»Sie ist viel zu jung für eine Krankenschwester. Sie geht noch zur Schule. Ihr Freund spielt in einer Band.«

»Wie heißt die Band?« Er ging mir schon jetzt ziemlich auf die Nerven.

»Sie hat keinen Namen«, sagte ich.

Als er Tony in die Küche gebracht und überredet hatte, uns etwas zurecht zu machen – mit Nutella, Cracker und Brot –, setzte sich Ian mir gegenüber an den Tisch.

»Macht es dir was aus, daß ich mal vorbeischaue?« Es war mehr eine Frage an mich selbst.

Er schüttelte den Kopf. »Nein. Nein, ich bin vielmehr überrascht. Muß dein Freund denn nicht auftreten?«

»Doch«, sagte ich. Wir schwiegen eine Zeitlang. Ich blickte auf den Schrank mit den Kassetten. Aus der Küche war das Geräusch von laufendem Wasser zu hören, und auch, wie Küchenschränke auf- und zugingen und wie ein Hocker über den Boden schrammte.

»So«, sagte er. »Jetzt hast du sogar Sylvia kennengelernt.«

»Ja. Sie hat schöne Zähne.«

»Sie ist Zahnärztin.«

Wieder blickten wir eine Zeitlang stumpfsinnig vor uns hin. Ich musterte Ians Brillengläser. Es war, als hätte er keine Brille auf, sondern ein Fernglas. Ich hatte das Gefühl, daß mir, wenn ich mal einen Blick durch dieses Fernglas werfen könnte, endlich etwas klar werden würde.

In der Küche fiel etwas um, Ian verließ schnell das Zimmer. Ich dachte zurück an die paar Male, als wir uns die Kassetten reingezogen hatten, und wünschte mir, daß wir das heute auch tun würden. Irgendwie war es unvorstellbar, daß ich – ohne daß irgend etwas passieren würde – zurückfahren würde, um mir »Wishbone« anzutun. Es war, als könnte ich die Bilder, die jedes meiner Augen einzeln wahrnahm, nicht mehr zu einem einzigen zusammenfügen.

Ian fragte mich, ob ich Kaffee wollte. Als er mit zwei dampfenden Tassen zurückkehrte, fragte er mich, wann der Auftritt der Jungs sei. »Um neun«, log ich und fügte hinzu, daß es meistens später werde. Inzwischen kam der Kleine herein, in der Hand einen Teller voller schrecklicher Häppchen wie Cracker mit Sirup auf Käse, Nutella mit kandierten Anissamen und etwas Gräßliches mit Thunfisch und nassem Reis. Schaudernd nahm ich einen möglichst unschuldig aussehenden Leckerbissen. Tony hatte sich von oben bis unten mit Butter und Schokolade beschmiert. An einer Haarsträhne, die ihm ins Gesicht hing, klebte etwas Dunkelrotes, wahrscheinlich Marmelade.

»Soll ich ihn nachher abduschen?« fragte ich.

Ian sagte, daß er es tun würde.

»Nein, nicht«, sagte das Kind.

»Und ob«, sagte Ian.

»Das macht mir überhaupt nichts aus«, sagte ich. Ich fand es wichtig genug, um darauf zu bestehen. Ian lehnte erneut ab. Die Art, wie der Junge mich ansah, gefiel mir nicht, und der Gedanke, ihn ganz und gar waschen zu müssen, widerte mich an. Trotzdem wiederholte ich mein Angebot. »Ich tu's gern.« Daraufhin stimmte er zu, und kurz darauf ging ich mit Tony nach oben. Überraschend genug ließ er sich bereitwillig waschen und stand kerzengerade in der Badewanne. Während das warme Wasser an ihm herunterlief – und auch über den Rand spritzte, so daß meine Beine naß wurden –, fragte ich ihn, wie alt er sei.

»Wie alt bist du denn?« fragte er zurück.

»Siebzehn.«

»Sylvia ist siebenunddreißig.«

»Oh«, sagte ich möglichst neutral, »dann sieht deine Mutter aber total jung aus.«

Ich drehte den Hahn zu und wickelte Tony in ein großes, weißes Badetuch. Es überraschte mich, wie fest sein kleiner Körper sich anfühlte. Während ich ihm die Haare trockenrieb, war es, als könnte ich mir selbst über die Schulter sehen, wie ich gerade dabei war, ein fremdes Kind ins Bett zu bringen, und auch, mit welcher Selbstverständlichkeit und welchem Geschick ich das tat. Dann kam Ian herauf. Er nahm Tony an der Hand und brachte ihn in sein Zimmer, einen kleinen Raum mit einem niedrigen Kiefernbett, das mit Teddybären übersät war.

Zögerlich stand ich im Flur und merkte, wie ich Kopfschmerzen bekam.

»Ich hab uns unten ein Glas Wein eingeschenkt«, sagte Ian. Erleichtert, als hätte ich gerade eine schwere Prüfung bestanden, ging ich hinunter. Es war, als wäre kein Kind im Haus.

Ian kam ins Zimmer, und wir unterhielten uns, als wäre keine Sylvia dagewesen und kein Tony, als würde ich hier schon seit Jahren wohnen. Ich blickte mich im Zimmer um, mit dem prüfenden Blick der Eigentümerin. Nun sah ich noch deutlicher, daß hier ein großes Chaos herrschte. Mit ein bißchen gutem Willen jedoch und mit etwas Gefühl für Farben könnte man aus dem Ganzen bestimmt noch was machen. Ian zog die beigefarbenen Vorhänge zu und ging in die Küche, um unser Essen zuzubereiten. So drückte er sich wirklich aus, »unser Essen«.

»Und Tony?« fragte ich, als ich eine Viertelstunde später mit meiner Gabel in Reis und gebackenen Champignons herumstocherte. Der Wein war mir sofort zu Kopf gestiegen. Meine Wangen glühten, und mein Blickfeld hatte sich auf die weiße, rechteckige Oberfläche des gedeckten Tisches, unsere Teller und seine Hand reduziert, in der er ein Messer hielt, das funkelte, als das Licht aus der metallenen Hängelampe darauf fiel.

»Wir haben schon was gegessen«, sagte er. »Wenn Sylvia Tony bringt, essen wir immer zu dritt.«

Daß er schon gegessen und diese Mahlzeit demnach speziell für mich zubereitet hatte, bewirkte, daß ich mir blöde vorkam und daß mir unbehaglich zumute wurde. Ich legte die Gabel neben den Teller und aß nichts mehr. Nur den Wein trank ich noch.

Was ist das doch mit der Lust und der Liebe, daß sie manchmal verzwirnt sind wie ein Seil und manchmal gespalten wie die Zunge einer Schlange?

Nach dem Essen hörten wir uns seine Kassetten an.

Und er erzählte Geschichten. Ob ich wisse, daß Queen Margot nachts das Haus verlasse, sich eine Kapuze über das Gesicht ziehe und sich vor den Stadtmauern vom Fußvolk vögeln lasse, von Landstreichern, Abdeckern und Soldaten?

Als wäre mir nicht klar, daß er versuchte, mir damit zu schmeicheln.

Dann stand ich auf und zog mich aus.

Ich saß auf der Couch und zupfte an losen Fäden. Überall lagen Hundehaare. Der Retriever hatte sich zufrieden auf meinem Kleid und auf meiner Unterwäsche ausgestreckt. Auf einmal sah ich mich im Spiegel, der vor mir an der Wand hing. Mir wurde bewußt, wie echt, wie wirklich dies hier alles war und daß ich wirklich so aussah wie jemand, der *hier* war. Ich zog meinen Bauch ein wenig ein und machte den Rücken gerade.

Ich bückte mich und nahm Ians Fuß in meine Hände. Einen langen, schmalen Fuß. Ich strich mit den Fingern über die Sehnen und Knöchelchen: Würfelbein, Kahnbein. Über die dünnen, eleganten Knöchel mit den weichen blonden Härchen. Er beugte sich nach vorne. Sein Nacken war ganz und gar rot, wodurch sich seine Schultern besonders bleich davon abhoben. Der Geruch seiner Achselhöhlen erinnerte mich an Griffin Picture Varnish.

»Warte«, sagte er. Er nahm einen Schluck aus seinem Glas und spuckte den Wein wie eine rote Fontäne in meinen Nabel. Dann leckte er ihn wieder auf. Ich dachte an die Geschichte von dem Mann, der in jedem Satz das letzte Wort vergißt, dann das Wort davor und dann das Wort vor diesem. Schließlich weiß er nicht mehr, was er sagen soll, weil er auch das erste Wort vergessen hat.

»Was tust du da?« fragte ich. Ich lag auf dem Bauch und drehte den Kopf nach hinten. »Nichts«, sagte Ian. Er keuchte heftig. »Ich führe eine Kirsche ein.« Ich fühlte, wie sein Zeigefinger (mit einem ziemlich scharfen Nagel) mich von hinten öffnete und wie etwas Weiches und Kaltes hineinglitt.

Ian stöhnte. Dann drang er hart und scharf in mich ein. Ich blickte nur noch in das Herz einer Flamme mit roten und gelben Zungen, bis mir die Augen tränten.

In unserem alten Haus spielten meine Brüder und ich mit Vater Verstecken. Nach dem Essen, wenn meine Mutter satt und leicht schläfrig eine Zigarette rauchte, löschte mein Vater alle Lampen, mit Ausnahme der

Hängelampe über dem Tisch. Dann stiegen wir, Eddie, Nicolaj und ich, die Treppe ins obere Stockwerk hinauf und versteckten uns in irgendeinem Zimmer (meistens in dem von Theo und Eddie, wo hinter dem Doppelbett gerade genug Platz war und wo sich der Lichtschalter befand). Aus irgendeinem Grund saßen wir immer in derselben Reihenfolge: Nicolaj an der Wand, Eddie zwischen uns, die Arme um meine Taille, und ich vorne.

Nach einigem Hin- und Hergerutsche und Gekichere fing das Warten an, in einer Dunkelheit dick wie Eintopf. Das Warten auf das Knarren von Holz unter Vaters Füßen. Auf den Augenblick, in dem die Tür aufging und sich das Dunkel draußen mit dem Dunkel drinnen vermischte. Auf den leichten Luftzug, der durch die geöffnete Tür hereinkam.

Im Zimmer hing ein widerlich süßer Geruch, der an den von feuchtem Heu und Mais erinnerte. Wir warteten auf die Hand, die aus dem Schwarzen kam und sich nach uns ausstreckte, die gefürchtet und ständig provoziert und die immer größer wurde. Wir hörten das leise Pfeifen, mit dem die Luft durch Vaters Nasenlöcher strömte.

Es war immer dasselbe. Noch bevor mich die Hand erreichte und antippte, sprang ich schreiend auf und stürmte nach vorn – wie ein Stier, der auf einen Torero losgeht. Ich packte die Hand und drehte sie um oder biß sogar fest hinein. Ich preßte sie an meine Wange, ließ sie los und rannte. Stolpernd entkam ich dem Dunkel und lief die Treppe hinunter ins Wohnzimmer.

Dort drückte meine Mutter, umhüllt von einem

Lichtkranz, in aller Ruhe zwischen den Hähnchenknochen ihre Kippe aus und sah mich an.

Neun Uhr. Ich zerrte an meinen Klamotten. Der Retriever stand unwillig auf.

Helmi und die anderen müßten jetzt in der Sint-Jan sein, alle Scheinwerfer auf sie gerichtet.

»Ich muß jetzt gehen«, sagte ich, deprimiert und ängstlich.

Verwirrt und taumelnd vor Müdigkeit nahm ich ein Taxi.

Der Fahrer entschuldigte sich. Er sagte, daß er das noch nicht so lange mache. »Hier in der Umgebung kenne ich mich schon ganz gut aus«, sagte er, »aber in N? Die Straßen dort sehen alle irgendwie gleich aus, und alle haben Pflanzen- oder Tiernamen.« Während der Fahrt faltete er eine zerknitterte und mit Klebeband zusammengeflickte Karte auseinander und wieder zusammen und suchte unter dem Sitz nach einem Straßenverzeichnis. Es war ziemlich deutlich, daß er im Kreis fuhr, wir kamen nämlich schon zum dritten Mal an demselben Shoarma-Imbiß vorbei, und der Mann, der mit einer gestreiften Schürze um den Bauch hinter seinem Lammfleisch stand, winkte uns immer fröhlicher zu. Ich zeigte nach links, wies ihm den Weg, den ich genommen hatte.

»Ja-ha«, sagte der Chauffeur, »aber Sie sind mit dem Rad gekommen. Das ist ein himmelweiter Unterschied.«

»Und dortlang?« Ich zeigte auf einen Seitenweg, der links und rechts von Kopfweiden gesäumt wurde und der meines Erachtens nach N. führte.

»Das wird nicht klappen, junge Frau«, sagte er. »Dort ist ein Unfall passiert. Ein Pferd ist durchgegangen und samt Kutsche umgekippt. Ein verheerendes Durcheinander. Wenn ein Pferd daliegt, sieht man erst, wie groß es ist«, sagte er und erzählte, daß er vor noch nicht ganz einer Woche mit eigenen Augen gesehen habe, wie man ein ertrunkenes Pferd aus dem Wasser gehievt habe. »Riesig«, sagte er, und nachdenklich wiederholte er: »Wirklich riesig«.

Als wir endlich, endlich an der Sint-Jan ankamen, hatte der Auftritt von »Wishbone« bereits begonnen, alle Türen waren geschlossen. Was an Musik zu mir herausdrang, klang, durch den hohen Raum, die Windungen in der Kuppel und die schmalen Gänge verzerrt, nach Humba-Humba. Es kostete mich große Mühe, die Aufmerksamkeit des Türstehers zu erregen, der mit dem Rücken an der Scheibe der linken Tür lehnte. Als er sich nach endlosem Rufen und Klopfen umdrehte, sah ich, daß es Nicolaj war. Sein Gesicht erstarrte, und es dauerte einen Augenblick, bis er die Tür geöffnet hatte. Grob zog er mich am Arm nach drinnen. In der Halle schlug mir Bierdunst und Zigarettenqualm ins Gesicht, und ich mußte nach Luft schnappen.

Zitternd zog ich meine Jacke aus und stand im vollen Licht neben dem Resopaltisch, auf dem eine geöffnete Schachtel mit einem Stempelkissen stand. Nicolaj drückte den Stempel auf das Kissen und preßte ihn mir fest auf den Handrücken: »St-Jan-12«. Plötzlich bückte er sich und tauchte mit dem Kopf nach vorne. Er drückte seine Nase beinahe an meinen Bauch. Ich sah seinen kräftigen Nacken und den blauschwarzen Schatten, dort, wo seine schwarzen Haare am Übergang zwischen Hals und Rücken dünner und flauschiger waren.

»Was soll das?«

»Wo bist du denn gewesen?« fragte er.

»Unterwegs mit dem Rad.«

»Mit dem *Rad*«, sagte er und stellte sich vor mich.

Ich wollte unter seinem Arm durchtauchen und in den Saal hinein, aber er hielt mich fest. Seine Unterlippe zitterte.

»Helmi ist verrückt«, sagte er, »aber ich nicht. Jeden Tag unterwegs mit dem Rad, was?« Und er beschrieb mir den Weg zu Ians Haus in allen Einzelheiten. »Natürlich«, sagte er höhnisch, »komm ruhig vorbei. Oh, ich muß auflegen. Unten will jemand telefonieren.« Er zog an meinem Kleid. »Du hast *überall* Hundehaare.«

Unwillkürlich folgte ich seinem Blick. Ich hatte büschelweise gelbe Haare an meinem Kleid. Ich wollte sie mit den Händen abbürsten, rieb sie aber nur noch fester in den Stoff.

»Kümmere dich um deinen eigenen Kram«, sagte ich. »Kann dir doch scheißegal sein, wo ich war.«

»Du hast 'ne Fahne, die man auf einen Kilometer Entfernung riecht«, sagte er. »War der Wein gut?«

Ich drehte mich um und ging in Richtung Saal.

»Du Schnalle«, sagte er. »Dreckfotze.« Seine Stimme hörte sich weinerlich an, so als hätte ich ihn bestohlen.

Helmi spielte, aber ich sah nicht zu ihm hin. Ich achtete auch nicht auf Wenner oder Angus. Am liebsten wollte ich so schnell wie möglich nach Hause und in mein Bett, unter ein sauberes, weißes, straff gespanntes Laken. Das Radio anmachen und mir leise eine Sendung anhören, in der irgendwelche Leute zu den unmöglichsten Zeiten angerufen werden und eine einfache Frage beantworten müssen. Wenn sie die Antwort nicht wissen, sagt sie ihnen der Moderator halb vor, und zwar so, daß die Leute es nicht merken und das, was sie gerade aufgeschnappt haben, für ihre eigenen Eingebungen halten und somit das Gefühl haben, selbst auf die richtige Antwort gekommen zu sein. Wenn sie, was selten genug geschieht, trotz der Bemühungen des Moderators nicht draufkommen, dann senkt sich Entsetzen auf einen herab, dann kann man hören, wie sich bei Anrufer und Angerufenem dumpfe Beklemmung einstellt, die Furcht vor einem noch größeren, umfassenderen Versagen. Schnell wird jemand anders angerufen, der die Fetzen und Fäden, mit denen der Vorgänger nicht zu Rande gekommen ist, miteinander zu einer ordentlichen Decke zu verknüpfen weiß und somit wieder für Erleichterung sorgt.

Als das Konzert vorbei war, sprang Helmi, verschwitzt und klebrig, vom Podium herunter. Er knickte um und kam auf mich zugehinkt.

»Wo hast du denn die ganze Zeit gesteckt?« fragte er, aber ich konnte ihm ansehen, daß er an einer Antwort eigentlich gar nicht interessiert war. Hinter ihm standen

Wenner und Hans. Angus saß an der Bar neben Nicolaj, der mich ansah, als wäre ich der Schaum, der beim Auskochen seines Pferdeschädels in grauen Flocken auf dem Wasser getrieben hatte. »'n Bier, Helmi? Komm schon, nimm ein Bier.«

»Gehen wir nach Hause?« fragte ich. »Oder fahren wir noch ein bißchen rum?«

Helmi schwieg einen Moment und drehte sich dann zu den Jungs um. Entschuldigend zog er die Schultern hoch. »Mara fühlt sich nicht wohl«, sagte er.

»Ich fühle mich ausgezeichnet«, sagte ich. Unterwegs aber, als wir auf dem Deich fuhren und ich seine Taille mit den Armen umklammert hielt, fing ich an zu weinen. Ich weinte so laut, daß ich das Heulen des Windes übertönte.

Als er im Badezimmer war (ich hörte ihn pinkeln), holte ich das Parfümfläschchen mit Opal Medium aus meinem Kissenüberzug. Es war nur noch wenig darin, also steckte ich mir den Flaschenhals in die Nase. Ich roch nichts. War ich erkältet, oder hatte ich all meine Riechzellen zerstört?

Ich wollte ihm kurz und bündig von den Stunden bei Ian erzählen, doch jedesmal, wenn ich es versuchte, fing Helmi von etwas anderem an. Er zuckte mit den Schultern und starrte düster die Spitzen seiner metallbeschlagenen Stiefel an. Schließlich war ich so gereizt, daß mein zögerndes »Schuldbekenntnis« in einen boshaften und auffallend detaillierten Bericht über den Abend auslief – wie Wasserfarbe auf einem zu nassen Blatt Papier –, als wäre ich eine Journalistin, die über eine Nacht an der Front berichtet. In einer Anwandlung verblüffender Ehrlichkeit erzählte ich ihm sogar von der Karikatur, die ich vor Wochen von ihm gemacht hatte, und wiederholte, was Ian über ihn gesagt hatte. Daß er ein Polderprinz sei, ein Deiche bauender Biber.

Helmi wurde aschfahl. Seine Lippen waren blutleer und zogen sich zusammen, als hätte er Essig getrunken. Warum fügte ich noch das eine oder andere hinzu? Weil jede Handlung, jede Tat in sich selbst ein Ende hat, einen Anfang und einen Schluß, und weil sich manche Enden nur erreichen lassen, wenn der Ausgangspunkt Neugierde und eine gewisse Grausamkeit ist. Ziemlich aufgeregt hörte ich mir zu. Ich sagte, daß Ian und ich miteinander geschlafen hatten und daß sein kleiner Sohn oben im Bett gelegen hatte. Auf Helmis Hose befand sich ein seltsamer lilaroter Fleck. Ich schaute ihn an und versuchte dahinterzukommen, was das sein könnte. Auf einmal wurde dieser Fleck furchtbar witzig und wichtig.

Es fängt mit einem klitzekleinen Punkt an, dachte ich, und noch bevor es einem klar wird, ist ein ganzes Universum entstanden, das anschwillt und anschwillt und anschwillt...

»Was ist das?« fragte ich schließlich.

»Ketchup«, sagte er, und der Anflug von Elend und Tragödie verschwand aus seinem Gesicht. Ich dachte an den genauen Zeitpunkt, an dem ich in Huans leerem Zimmer gestanden hatte, an die Vermieterin, deren rechter Fuß mit einer weißen Socke bandagiert gewesen war, und an den Ton, in dem sie gesagt hatte: »Wenn du wüßtest, was ich mit einigen Mietern schon für Ärger gehabt hab!«

Irgend etwas stimmte nicht, irgend etwas war nicht in Ordnung. Mein Vater hatte seine ersten vier Kinder und seine Frau um der Liebe willen verlassen, doch bei meiner Mutter hörte sich das ganz anders an. »Ach«, hatte sie vor kurzem gesagt, an jenem Abend, als er zu Erda gegangen war. »Er wollte nicht glauben, daß ich keine Strümpfe trug. Er küßte meine Zehen und nahm einen nach dem anderen in den Mund. Du weißt, wie dein Vater ist, er legt viel Wert auf diese Art von Dingen. Am nächsten Tag stand er wieder da. Und am übernächsten auch.«

Und Nicolaj, der derart aufgebracht gewesen war, als er mich in die Sint-Jan reingelassen hatte, ließ sich wahrscheinlich gerade im Frisierstuhl den Hals massieren, und draußen auf der Straße hasteten die Menschen vorbei, unter den Kleidern nichts als ihre Nacktheit, und wußten hiervon nichts, und, oh Gott, wir suchen und suchen und suchen, wir suchen wie besessen und wissen nicht, wonach. Ich dachte an Loris Vater, der »Geh mir aus den Augen, du Buckel!« gerufen hatte und der sehr, sehr schöne Augen hatte, so daß man überrascht die langen, geschwungenen und zarten Wimpern und den samtenen Augenaufschlag betrachtete, und an Feng, wie er in einer zu engen weißen Cocktailjacke an der goldenen Brüstung der Bar gelehnt hatte. Und an einen Mann, der mir vor langer Zeit im Bus gegenübergesessen und der ausgesehen hatte wie ein Philosoph, ein Denker – tiefe, tragische Furchen waren ihm ins Gesicht gezeichnet –, der aber auf einmal, als wir gerade an der Nicolaas-Kirche vorbeifuhren – das Sonnenlicht tauchte die Glasmalerei in Flammen und erleuchtete die Kuppel –, seinen Hosenstall öffnete und seinen Pimmel herausholte, der einer Spannerraupe ähnelte. Schon häufiger hatte ich gehört, daß es die Angst der Männer sei, daß das, was nicht gesehen wird, auch nicht besteht, und daß sie sich darum wie ein Kind über ihr deutlich in die Augen springendes Geschlechtsteil freuen und es ständig in Form halten.

In meiner Kindheit hatten mir die zahlreichen Bilder der Kriegsversehrten, des leidenden Jesu und der Hunde, die sich in die Geweihe von Rotwild stürzen, Tränen in die Augen getrieben, weil ich nur das Leid hinter dem Kunstwerk sah. Später habe ich mich insgeheim über den Unwillen der Künstler geärgert, wenigstens den Schmerz in der Darstellung zu lindern. Das wäre doch wirklich eine Leichtigkeit gewesen: ein Hauch Kadmiumweiß über eine blutende Wunde, eine Spur Rot auf bleiche Wangen, ein neues Bein für jemanden, der seines auf dem Feld der Ehre verloren hat...

Jetzt genoß ich Goyas »Enthauptung«, und ich konnte trockenen Auges Ophelia zusehen, wie sie still auf dem Wasser dahintreibt.

Ich wartete auf den Augenblick, in dem Helmi wütend werden würde. Früher oder später mußte er doch endlich einmal seine Selbstbeherrschung verlieren? Vielleicht würde er mich gegen die Wand drücken und mir einen Kinnhaken versetzen?

Ich kniff die Augen zusammen und drückte mit den

Daumen von beiden Seiten gegen meine Nasenwurzel. Nebel klebte an der Fensterscheibe. Von den Laternen entlang der Schnellstraße waren lediglich die orangefarbenen Lichthöfe zu sehen. Langsam, aber sicher klang das Gefühl der Größe ab, und ich sah – so deutlich, als würden sie mir auf einem roten Samtkissen dargeboten – Ians Knöchel und Füße vor mir, mit den Schatten zwischen den Sehnen.

»He, Helmi«, sagte ich schließlich. »Willst du etwas trinken?« Ich kniff ihm ins Ohr und drückte meine Wange an ihn, wie ein Äffchen es bei seiner Mutter macht. Im Nacken hatte er einen schwarzen Pickel. Ich legte meine Fingernägel darum, drückte ihn aus und wischte meine Finger am Bettuch ab. Er schüttelte mich von sich ab. (Hör mal, hielt ich mir vor, du bist traurig. Sieh endlich ein, daß es vorbeigeht.)

»Willst du etwas trinken?« fragte ich noch einmal. Komisch, wie lieb und ruhig meine Stimme klang. Richtig erwachsen und teilnahmsvoll.

Er nickte.

Von nun an wollte ich sanft zu den Leuten um mich herum sein.

Helmi trank schweigend sein Bier. Dann zog er mich in einer unerwartet groben Bewegung (einer Welle der Freude und Erregung) aufs Bett und grapschte mir unters Hemd. Doch schon nach ein paar Sekunden blieb seine Hand ruhig liegen und wurde schwer.

Danach folgte eine Zeit, in der Helmi und ich kühl, beinahe förmlich miteinander umgingen. Was geschehen war, wurde nicht mehr angesprochen. Dennoch war ich zufrieden. Ich beschloß, ihm diese Haltung zu gönnen, und machte mir vor, daß ich nicht aus Sehnsucht, sondern aus dem Wunsch nach Wissen noch ein paar Mal zu Ian ging. Ist es nicht die Wiederholung, in der man den wahren Charakter der Dinge erkennt? Weil er aber mit keiner Silbe darauf zu sprechen kam und ich mich nicht traute, darüber zu sprechen, war es schon nach nur zwei Besuchen (beide Mal war Tony dabei) so, als hätte sich zwischen uns überhaupt nichts abgespielt.

Helmi spielte ab und zu noch mit den Jungs. Wenn ich ihnen dabei zusah, war es jedoch, als wären sie in allem etwas zu spät. Ihren Proben haftete etwas Mühseliges an. Es folgten keine weiteren Auftritte.

Die Stille zwischen Helmi und mir wurde einmal durch einen Ausbruch plötzlicher Leidenschaft unterbrochen. Wie besessen bumsend und knutschend rollten wir quer durch mein Zimmer. Ich wühlte mit der Hand in seinen Haaren und biß ihm in die Schulter. Er stieß so hart in mich, daß ich mir den Rücken auf dem Teppich verbrannte. Als er sich anschließend schnell wieder anzog und mich erneut behandelte, als wäre ich aus Kristall, wurde mir jedoch klar, daß sich dieses »Spiel« mit Helmi nicht spielen ließ, wie man auch bei einem Karnevalsumzug mit einem Blick die Nordlichter, steif und fest eingezurrt in ihre Tulpen- oder Drachenkostüme, erkennt. Sie können tanzen und springen und Purzelbäume schlagen, so viel sie wollen – man erkennt sofort die Hohlheit ihres Lachens und die Scheu, mit der sie sich ins Festgetümmel stürzen. Sie haben noch nicht einmal Glöckchen an ihren Mützen. Sie haben noch nicht einmal einen klirrenden Narrenstock mit bunten Bändern.

Als ich Ian wieder mal besuchte (wir mußten, hatte ich beschlossen, endlich »ernsthaft« und »wie Erwachsene« über alles reden, und ich würde ihn »unverblümt alles mögliche« fragen), fand ich ihn bewußtlos vor. Er hatte auf mein Klingeln ebensowenig reagiert wie auf mein Klopfen an die Hintertür (reine Höflichkeit meinerseits, die Tür stand nämlich immer auf). Auf der Anrichte waren Tassen und Schüsseln zu einem imposanten Bauwerk aufeinandergetürmt, und es roch unangenehm süßsauer. Der Geruch kam von ein paar vertrockneten Gurken, die in Apfelmusresten lagen, und aus einem zerplatzten Müllsack, aus dem schwarzer Kaffeesatz auf den Boden gesickert war. Der Tisch war übersät mit Briefumschlägen und Karten. Ian sagte immer, es sei absolut egal, wie oft man Bescheid gebe, daß man keinen Wert auf das ganze Zeug lege, die einzige Folge sei, daß man noch mehr Reklamesendungen erhalte. »Einem Tauben schreien sie die Ohren voll. Einen Sehbehinderten begraben sie unter einem Berg Papier.«

Ian lag in einer seltsamen Haltung auf der Couch. Seine Stirn war verschwitzt und klebrig, sein Mund stand ein wenig offen, und sein linker Arm hing schlaff über der Lehne. Der Retriever lag auf seinem Kissen und sabberte wie immer, die Zunge halb aus dem Maul.

Jetzt erst bemerkte ich, wie blaß Ian war. Seine Augen waren geschlossen. Ich stieß ihm vorsichtig mit dem

Zeigefinger in die Seite. Er rührte sich nicht. Ein trompetenstoßähnliches Geräusch, von dem ich erst dachte, es käme aus seiner Kehle, stammte offenbar von dem Retriever, der sich plötzlich von seinem Kissen erhob.

Das Tier hielt seinen Kopf in Höhe von Ians Knien. Ich kannte mich nicht sonderlich mit Hunden aus, hatte aber schon gehört, daß Tiere besser als Menschen intuitiv den Ernst der Lage erfassen.

Ich fragte mich, ob es etwas mit seiner Diabetes zu tun haben könnte, und machte mich auf die Suche nach einem Taschenkalender oder Telefonbuch oder etwas Ähnlichem. Im Schrank, ganz in der Nähe der Kassetten, fand ich ein Ringbuch.

Sylvia meldete sich sofort. Ich sagte, daß ich gerade hereingekommen war und daß Ian totenstill auf der Couch lag und nicht reagierte. Stille. »Hör zu«, sagte sie nach einem kurzen Fluch, »er hat einen Hypo. Du mußt ihm so schnell wie möglich ein paar Löffel Sirup oder Honig einflößen. Und bei ihm bleiben. Ich komme sofort.« Es dauerte einen Moment, bevor ich in dem Durcheinander in der Küche ein Glas Sirup gefunden hatte. Alle Löffel waren schmutzig, also drückte ich ihm die Lippen mit einem in Sirup getauchten Holzlöffel auseinander. Zucker wird zwar schnell im Blut aufgenommen, doch Ian wachte nicht aus seiner Bewußtlosigkeit auf, seine Stirn blieb kalt und klamm. Sollte ich nicht lieber den Hausarzt rufen? In dem Ringbuch stand keine Nummer. Auf der Suche nach einem Branchenverzeichnis oder einem Telefonbuch stieß ich auf ein Fotomäppchen. Ein gutaussehender Junge mit seidig glänzenden Haaren und einem kantigen Gesicht. Keine Brille. Noch keine Spur von den tiefvioletten Dellen an beiden Seiten der Nasenwurzel, wo sich die Polster seiner Brille ins Fleisch gedrückt hatten und wo die Haut allmählich erodiert war. Noch mehr Fotos von Ian. Auf einem hielt er einen gewaltigen goldbraunen Fisch in den Armen und grinste breit. Ich warf das Mäppchen auf den Boden und ging zurück zur Couch. Solange Sylvia noch nicht da war, konnte es nichts schaden, ihm noch ein wenig Sirup einzuflößen, der Löffel war jedoch auf den Teppich gefallen und nun mit Haarbüscheln von dem Retriever übersät.

Für einen Augenblick blitzte ein Kurzfilm vor meinen Augen auf, in dem ich in den nächsten Tagen von der Polizei und von besorgten Nachbarn von dem eiskalten Körper weggezerrt wurde, die Hände verkrampft, und in dem ich – schwarz gekleidet (Strümpfe, Schleier) – hinter einer Tragbahre herging und anschließend von Helmi liebevoll in die Arme genommen wurde.

»Ian, Ian«, jammerte ich leise und hörte dann zu meiner Erleichterung, daß die Hintertür geöffnet wurde. Der Hund bellte und sprang an einem kräftigen Mann hoch, der, gefolgt von Sylvia, zu Ian eilte. Ächzend ging er mit seinem schweren Körper in die Knie und fing an, in seiner schwarzen Tasche herumzuwühlen. Während sich etwas Unangenehmes mit Injektionsnadeln abspielte, beugte sich Sylvia wie die Madonna der guten Taten über Ian. Im Nu ähnelte das Zimmer einem kleinen Krankenhaus.

Da ich nicht wußte, wie ich mich sonst hätte nützlich

machen können, machte ich mich in der Küche an den Abwasch. Mit einem Messer kratzte ich die vertrockneten Gurken und das eingetrocknete Apfelmus von den Keramiktellern.

Im Auto – sie fuhr ins Krankenhaus und wollte mich zu Hause absetzen – erzählte Sylvia von Ians zunehmender Unempfindlichkeit gegenüber Hypos. »Er merkt einfach nicht, wenn sich einer anmeldet«, sagte sie. »Außerdem vernachlässigt er sich selbst gern. Es hätte mit seinen Augen gar nicht so weit zu kommen brauchen.«

»Wie meinst du das?« fragte ich, mich auf dem Sitz neben ihr unbehaglich fühlend.

»Du wirst staunen, was manche Leute für die Liebe tun und lassen«, sagte sie. »Einer meiner Kollegen hat einmal eine Frau zu mir geschickt, deren Zähne total kaputt waren. Eine schöne Frau, jedenfalls solange sie nicht den Mund aufmachte. Ich hab ihn gefragt, warum er sie an mich überwiesen hat. Er sagte, es sei ihm ein Rätsel: Jedesmal, wenn er einen Zahn in Ordnung gebracht oder eine neue Füllung gemacht hatte, war alles nach zwei Tagen wieder kaputt, und sie stand wieder bei ihm in der Praxis. Die Frau hat mir erzählt, daß sie ihn liebe, daß sie verliebt sei in seine Hände und sie jedesmal, wenn er etwas in Ordnung gebracht hat, ein paar Kieselsteine ins Essen rühre.«

Sie bog nach links ab, auf die Uferstraße vor dem Dorf.

»Du kannst mich hier rauslassen«, sagte ich an Querelles Laden. »Ich kann von hier aus zu Fuß gehen.«

Sie gab Gas und fuhr mit quietschenden Reifen davon.

Ich schaute nach, ob Nicolajs Mofa dastand.

Helmi und ich sahen einander wieder und taten, als wäre nichts geschehen. Als wäre Ian ein Hindernis gewesen, das wir erfolgreich überwunden hatten. Gulliver gefällt von den Pygmäen. Was hinter mir liegt, verhält sich immer wie ein Blatt Papier, das lange in einer Pappröhre gesteckt hat. Wenn ich es mir ansehen will, dann kringelt und dreht es sich an den Rändern und rollt sich – noch bevor ich einen Blick darauf werfen kann – wieder zu der alten Form zusammen.

Wir wechselten in die nächste Klasse, da Helmi sich entschlossen hatte, das zusätzliche Ausbildungsjahr doch noch dranzuhängen. Was jenseits dieses Jahres lag, wollten wir lieber nicht sehen.

Im November starb Erda. Mein Vater, dem Anlaß entsprechend in einem grauen Dreiteiler, begleitete Theo und Louise.

Der echte und definitive Bruch kam dann doch überraschend. Ich war in der Stadt gewesen und hatte, als ich an einem Kaufhauscafé vorbeikam, auf einmal Ian an einem Tisch sitzen sehen. Er biß gerade in ein Brötchen, wobei ihm ein Stückchen Salat aus dem Mund fiel. Ihm gegenüber saß eine Frau, die mit einer Hand zu ihm hinüberlangte. War das Sylvia? Obwohl ich in diesem Moment unberührt weiterging und mich nicht mehr umdrehte, um mich zu vergewissern, ob sie mich bemerkt hatten, konnte ich auf dem Nachhauseweg an nichts anderes mehr denken als an seine Hände, die mich von hinten geöffnet hatten, und an die kleine Kirsche, die er mir reingesteckt hatte.

»Ich bewundere dich«, sagte ich später an diesem Abend zu Helmi. »Ja, echt. Du bist so gefaßt. Du bist viel gefaßter als ich.«

»Wie meinst du das?« fragte er verwundert.

»Na ja«, sagte ich ziemlich aufgeregt, »du hast einen echt guten Charakter. Aber du gibst niemals damit an. Hast du denn niemals Lust, um dich zu schlagen?«

»Doch, schon.«

»Und warum tust du es nicht?«

Er schwieg.

»Wie zum Beispiel deine Mutter Wenner vergöttert und ihn verhätschelt«, sagte ich, »kotzt dich das denn nicht an?«

»Ich denke einfach nicht dran.«

»Doch, das tust du. Ich sehe doch, was für Blicke du ihm zuwirfst.«

Helmi zuckte unruhig mit dem linken Bein. Er hatte die grünen Socken mit den rosafarbenen Schweinchen an, die ich ihm geschenkt hatte, um ihn zu piesacken. »Und das mit Ian und mir. Hat dir das denn gar nichts ausgemacht?« fragte ich (war das mein Blut, das erneut triumphierend durch meine Adern strömte?). »Ich bin noch mal bei ihm gewesen.

Manche Leute verlieren ihre Streitlust schon bei der

Geburt. Das sind die Schlafkinder. Und wenn sie träumen, träumen sie auch, daß sie schlafen. Im Winter schlafen sie in einer Bärenhöhle, im Sommer schlafen sie auf einer grünen Wiese, im Herbst schlafen sie unter einer Decke aus modernden Blättern, und im Frühling, im Frühling werden ihnen neue Sandkörner in die Augen gestreut, und sie schlafen buchstäblich überall ein. Manche schlafen im Stehen, wie Pferde. Und wenn sie sterben, merken sie das noch nicht einmal. Sie denken, daß sie vom Schwarz träumen. Sie wissen nicht, daß sie es schon sind.«

Ich wußte nicht, warum ich weiterredete. Ich hielt es noch für möglich, daß Helmi mich bremsen würde. Daß etwas aus ihm hervorbrechen würde. »Und was ist ihr Himmel? Die Schlafsiedlung.«

Mitten in der Nacht schreckte ich aus dem Schlaf hoch. Ich hatte geträumt, daß ich auf einem Jahrmarkt einen Karren hinter mir herzog. Mein Vater und meine Mutter saßen unter einer rosa- und einer lilafarbenen Decke. »Das müssen Sie gesehen haben!« rief ich lautstark, den Bart unter meinem Kinn zurechtschiebend. »Das müssen Sie gesehen haben!«

Helmi stellte sich schlafend. Er atmete leicht pfeifend durch die Nase.

»He, Helmi. Wach auf«, sagte ich. Ich gab ihm einen Stoß, doch er blieb liegen, wo er lag. »Du schläfst doch gar nicht.« Noch einmal gab ich ihm einen Stoß. Dann boxte ich ihm mit den Fäusten in die Seite.

»Du bist waa-ach«, trommelte ich. »Waa-ach.«

Helmi war wach. Er machte sich kleiner, legte die Arme um seine Knie und lag gekrümmt wie ein Komma auf der Luftmatratze.

»Wenn ich sage, daß du mich hörst, dann hörst du mich!« Meine Knöchel machten inzwischen ein dumpfes Geräusch. »Verdammt noch mal, bist du immer noch nicht wach?« rief ich. »Immer noch nicht?« Ein neues Trommelfeuer setzte ein.

Plötzlich schoß er in die Höhe. Seine Mundwinkel zuckten. Er umklammerte mein Handgelenk mit einer Hand und drückte meinen Arm nach unten. Jetzt geht es los, dachte ich zufrieden. Jetzt wird er sich verteidigen, jetzt revoltiert er gegen mich, die gräßliche Gorgo, mit der man nicht vernünftig reden kann.

Aber er ließ mich los und legte sich erneut auf die Matratze.

»Du bist widerlich«, rief ich. »Ja, versteck dich ruhig. Verkriech dich doch unter deinem Stein.« Ich stand auf. Helmi hatte sich auf der Luftmatratze festgeklammert wie ein Ertrinkender auf einem Stück Holz, doch ich ergriff sie an den Enden und zog sie weg, so daß er mit dem nackten Bauch und den Knien über den Boden rutschte. Als ich ihm einen Tritt versetzte, verschwanden meine Zehen in seiner Taille.

»Du saft- und kraftloser, feiger, beschissener Putzlappen!« Helmi blieb liegen wie ein apathischer Hund, der keine Lust mehr hat, zur Seite zur springen, um dem Pantoffel zu entgehen. »Kennst du das Newtonsche Gesetz? Jeder Körper behält den Zustand der Ruhe oder der gleichförmigen, unbeschleunigten Bewegung in gerader Richtung bei, solange er nicht durch eine von außen einwirkende Kraft zu einer Änderung dieses Zustandes gezwungen wird.« Mit dem Fuß stieß ich ihm fest in die Seite. Ein Geräusch, als träte ich gegen ein Kissen. Dann fing er an zu flennen. Kläglich und weich. Seine Schultern zuckten. Die Tränen zogen eine Schneckenspur über seine Wangen.

Ich flüsterte, daß es mir leid tue. Später nahm ich seinen Pimmel zwischen meine Lippen. In meiner Mundhöhle wuchs er wie ein Pilz. Er öffnete sich wie eine Spaltpflanze und ließ seine Sporen in meine Kehle gleiten. Ich dachte, daß es so gut sei. Immer dieses Glied im Mund zu haben, so daß keine Wörter herauskonnten, keine Wörter hineinkonnten. Vielleicht ist die Liebe viel zu groß für mich, dachte ich, vielleicht zerreiße ich sie deshalb in kleine Fetzen, zerschneide sie in mehrere Stücke, klebe sie zusammen und verteile sie solange, bis etwas entsteht, das ich überschauen kann, etwas, das ich selbst gemacht habe.

Danach kam Helmi nicht mehr. Er war wie vom Erdboden verschluckt.

»Wo steckt Helmi eigentlich?« fragte meine Mutter. Sie saß allein im Zimmer und löste ein Kryptogramm. »Ich hab ihn schon seit ein paar Tagen nicht mehr gesehen.«

»Krank«, sagte ich. »Er hat Durchfall und muß zu Hause bleiben. Er liegt auf einem Gummilaken, und wenn er aufsteht, läuft ihm schwarzes Wasser das Bein herunter.«

»Bah, wie eklig«, sagte meine Mutter.

Ich rief ihn an.

»Helmi ist nicht da«, sagte seine Mutter.

Ich ging in Nicolajs Zimmer und wartete auf die Jungs.

Hätte mich damals jemand gefragt, warum ich mit aller Macht unsere Beziehung fortsetzen wollte, dann hätte ich es nicht sagen können. Ich hätte lediglich von dem Raben erzählen können, der auf meiner Schulter saß und mich nicht schlafen ließ. In den ersten Tagen beruhigte ich mich mit Zeichnen. Ganze Papierstapel mit winzig kleinen Männchen, die äußerst kompliziert miteinander verbunden waren: ein Mann, dessen einer Fuß im Maul eines Fisches steckte; der Fisch balancierte auf einem Stock, der Stock wiederum auf der Fingerspitze eines Jongleurs; der Jongleur schaute einem Löwen genau in den Rachen; der Löwe saß auf dem Rücken eines Hündchens, und das Hündchen schnappte wiederum nach dem Fisch.

Bei der Suche nach unserer Katze warf ich auch einen Blick unter mein Bett und fand dort den Schuhkarton mit den Kitschpostkarten. Ich nahm eine nach der anderen heraus und klappte sie auf. Der pastellfarbene Sonnenuntergang. Das unwahrscheinlich blaue Meer mit drei weißen Möwen in V-Form am azurblauen

Himmel. Der in zarte Nebelschleier gehüllte Gipfel eines Berges. Eine Stadt, die aus einer schwindelerregenden Menge funkelnder Lichtpunkte errichtet worden war. Dann musterte ich die mit blauer Tinte geschriebene Adresse. Eine anmutige, elegante Handschrift: »Huan Yu, Kazwan Shan, Kowloon, Hongkong.«

Mir wurde zum ersten Mal bewußt, daß es diese Adresse wirklich gab. Daß es einen meßbaren, überbrückbaren Abstand zwischen hier und dort gab. Ich konnte mich sehen, meine Hände am Gewölbe der Zeit.

Nach fünf Tagen und Nächten ohne Helmi stand ich nachts um zwei Uhr auf, schlüpfte in meine Klamotten und ging nach draußen, meine Decke wie einen Umhang um mich geschlagen. Die Nacht war fast sternenklar, der Boden hartgefroren. Das Teleskop, das Theo kurz nach unserem Umzug für Nicolaj und mich mitten im Garten auf einem Gestell montiert hatte, war jetzt so verrostet, daß man es nicht drehen konnte, ohne es abzubrechen. Eine dünne Eisschicht lag darauf. In meine Decke eingehüllt, betrachtete ich meinen Atem, der kleine Wölkchen bildete. Und den Nebel über dem Tal, den Fuhrmann, die Venus und schließlich den glänzenden Zinkmülleimer.

Vor der niedrigen Steinmauer stand ein dunkler Gegenstand. Neugierig ging ich darauf zu. Es war die Kathedrale, die mein Vater aus hölzernen Eisstielen und farbigem Drachenpapier gebaut hatte. Oben war das Bauwerk zusammengefallen, das Holz war gesplittert, als hätte jemand es mit einem harten Gegenstand bearbeitet. Die farbigen Papierfenster waren eingerissen und flatterten im Wind.

Oben im Badezimmer machte jemand Licht. Im Fenster tauchte die Silhouette meines Vaters auf. Er stand in Unterhemd und Unterhose am Waschbecken und fuhr sich mit dem Rasiermesser übers Kinn. Ich ging zurück ins Haus und nach oben.

»Was machen Sie denn da?« fragte ich.

»Was ich *mache*? Menschenskind, das siehst du doch, ich rasiere mich«, sagte mein Vater. Er klopfte das Messer am Rand des Waschbeckens ab. Die hellen Härchen, kaum sichtbar in dem schäumenden Wasser, wurden in einem kleinen Strudel weggespült, als er den Stöpsel aus dem Waschbecken zog.

»Morgen ist doch Samstag«, sagte ich. »Kein Arbeitstag.« Sein ganzes Leben lang hatte er sich nur unter der Woche rasiert, wenn er zur Arbeit mußte, und selbst das wäre kaum nötig gewesen, er hatte nämlich nur geringen Bartwuchs. Mein Mutter sagte, auf seinem ganzen Körper sei keine Behaarung von Bedeutung zu finden.

Mein Vater schwieg. Er klopfte das Messer sauber und stand zögernd da. Seine Augen waren ein wenig geschwollen und hatten rote Ränder.

»Ja«, sagte er nach einiger Zeit. »Verdammt noch mal, du hast ja recht: Morgen ist Samstag.«

»Wie kommt es, daß Ihre Kathedrale kaputt ist?« fragte ich.

Verzweifelt betrachtete er sein Spiegelbild. Er hatte links am Kinn noch einen Tupfer Rasierschaum.

In unserem alten Haus rasierte er meiner Mutter jeden Freitagabend die Achselhöhlen aus. Ich erinnere mich an das metallische Geräusch des Messers, das er an der Waschschüssel abklopfte, und an den Schaum, der in Flocken auf dem Wasser schwamm. Die spitzen Schreie meiner Mutter, die immer Angst hatte, er könnte sie schneiden. Was nie passierte. Anschließend wusch er ihre Achselhöhlen und tupfte sie mit den Ecken des Handtuchs vorsichtig trocken.

Wir wohnten jetzt schon seit drei Jahren hier, doch das hatte ich nicht mehr gesehen.

»Ach, Kind«, sagte er. »Dieses alberne Ding. Ich bastle doch nur so zum Zeitvertreib vor mich hin...«

Er stellte das Rasiermesser zurück in den Plastikbecher und blieb im Badezimmer stehen.

Ich glaube, er ist die ganze Nacht dort stehengeblieben, ich habe nicht gehört, daß die Tür zu ihrem Schlafzimmer geöffnet wurde.

Ich schlief erst gegen Morgen wieder ein. Die Decke eng um mich gewickelt, träumte ich, ich sei Rapunzel, werde in einem Turmzimmer gefangengehalten und hätte nichts als mein schnellwachsendes Haar, das ich aus dem Fenster hängen konnte.

Ich stand vor dem backsteinroten Haus und sah Helmis Vater durchs Fenster. Kräftig und breit wie ein Sack mit Blumentopferde. Ich klingelte, und er öffnete nicht unfreundlich die Tür, war sich anscheinend aber nicht sicher, ob er mir einen Knochen hinwerfen oder mich reinlassen sollte.

»Ich muß mit Helmi reden«, sagte ich.

Helmis Mutter tauchte ebenfalls auf, wie ein Zombie, der gerade seinen Sargdeckel in die Höhe gedrückt hatte. »Ich fürchte, daß das nicht möglich ist«, sagte sie und warf mir einen Blick zu, als wäre ich eine Nacktschnecke, die gerade eine Spur über ihre frischgestrichene Wand gezogen hatte.

Ich holte tief Luft und wiederholte meine Bitte.

»Das verstehe ich gut«, sagte sie kühl, »aber er ist nun mal nicht da.«

»Das stimmt nicht«, sagte ich, »ich habe ihn gerade oben am Fenster stehen sehen.«

»Das war bestimmt unser Wenner.«

»Wenner ist zehn Zentimeter kleiner.«

Sie warf die Tür ins Schloß. Ich klingelte noch einmal, aber offenbar hatte sie die Klingel abgestellt, ich hörte nämlich nichts mehr. Dann trommelte ich mit den Fäusten gegen das Holz und zog an den dünnen Zierholzbögen, die die Glasscheibe in der Tür einrahmten. Ich war überrascht, wie einfach sie sich abbrechen ließen. Ich spuckte an die Scheibe und sah zufrieden zu, wie der zähe Schleim am Glas herunterglitt, bis er an einer Leiste hängenblieb. Ich trat gegen die Tür.

Wieder war es Helmis Vater, der öffnete. »Mannomann, geht das nicht etwas leiser?« Trotzdem ließ er mich hinein.

»Danke schön«, sagte ich und folgte ihm möglichst leise in Richtung Wohnzimmer.

Wir gingen einen langen Korridor entlang, in der Mitte drehte ich mich um und rannte die Treppe hinauf, beinahe über die Kupferstangen strauchelnd, mit denen der Läufer befestigt war.

»Helmi!« rief ich. »Helmi?«

Helmis Tür öffnete sich mit einem leisen Klick, und da stand er. Müde, mit wäßrigen Augen und bleichem Gesicht. Er sah aus, als hätte er die ganze Nacht kein Auge zugemacht. Als hätte er die ganze Nacht nackt im kalten Wind am Fenster gestanden. Seine Wangen waren dicker als sonst. Gelassen sah er mich an.

»Ich muß unbedingt mit dir reden«, sagte ich und betrat sein Zimmer. Es roch muffig. Das Fenster war geschlossen, der gestreifte Rollo war heruntergelassen.

»Was soll das denn für einen Sinn haben, Mara?« fragte Helmi. Seine Stimme war so leise und piepsig, daß ich beinahe vergaß, daß ich gekommen war, weil ich ihn zurückhaben wollte. Ein Schauer des Ärgers überlief mich. Ich konnte ihm ansehen, daß er einen Entschluß gefaßt hatte.

Seine Mutter hatte erzählt, daß er als Baby oft stundenlang bewegungslos in seinem Bettchen gelegen habe. Manchmal sei sie fest davon überzeugt gewesen, daß er nicht mehr lebte. Wenn sie ihm dann aber einen Schubs gegeben habe, habe er jedesmal die Augen aufgeschlagen und sie freundlich angesehen.

Ich ging zu seinem Schreibtisch, wo ich einen der Briefe sah, die ich ihm am Anfang geschrieben hatte: »HcI ebeil hcid.«

Er sagte, daß er lange über alles nachgedacht habe. Ich musterte seine gespannten Lippen und die ungeschickte, steife Art, in der er mitten im Zimmer zwischen den

Sperrholzmöbeln stand. »Ich glaube nicht, daß es gut ist, wenn wir zusammenbleiben. Wir machen uns gegenseitig kaputt.«

»Immer schön langsam«, sagte ich, »aus was für einem spannenden Buch hast du denn das?« Ich lächelte. »Aber jedenfalls ist das auch genau der Grund, weshalb ich gekommen bin. Wir werden eine Menge anders machen müssen.«

Die Tatsache, daß er unsere Briefe noch mal gelesen hatte, deutete darauf hin, daß er zweifelte.

»Was willst du eigentlich, Mara?« fragte er. Seine Schultern hingen herunter. Sie hingen wirklich ein ganzes Stück herunter. Außerdem hatte er zugenommen, an seiner Taille hatte er einen Speckring. Trotzdem verspürte ich dort in seinem Zimmer solch eine schreckliche Lust, solch eine gräßliche Begierde, daß ich nach Luft schnappen und an der Wand Halt suchen mußte. Ich wollte ihn spüren, seine weiche Haut an meinem Bauch, seine warmen, gummiähnlichen Ohrmuscheln zwischen meinen Zähnen. Ich suchte nach seiner Hand, hielt sie an meine Nase und roch den Schweiß in der Handfläche.

Helmi zog seine Hand zurück. »Du kannst hierbleiben, bis du dich ein wenig beruhigt hast«, sagte er, »aber dann mußt du gehen. Ich habe einen Entschluß gefaßt, und dabei bleibe ich.«

Ich hatte ihn noch nie so feierlich reden hören. Kichernd setzte ich mich auf sein Bett, nickte und wartete. Helmi streichelte mir mit derselben konzentrierten Unermüdlichkeit wie immer den Rücken. Nach ein paar Minuten, als ich gerade beruhigt einschlummern wollte, zog er seine Hand jedoch abrupt zurück und sagte, ich solle gehen.

»Wie meinst du das?« fragte ich.

Er sagte, es sei aus. Aus und vorbei. Von dem Gedanken, daß dies der tatsächliche, definitive Abschied war, wurde mir so schlecht, daß ich ins Badezimmer rennen mußte. Ein schöner, dunkelblau gefliester Raum, den Helmis Mutter tipptopp pflegte. Ich stützte mich mit beiden Händen auf die makellose Kloschüssel und kotzte. Helmi kam hinter mir her.

Im Klodeckel sah ich verschwommen meine eigenen Umrisse, ein wenig gewölbt und verzerrt. In einer Erzählung von Edgar Allen Poe wird ein Mann von seinen Feinden in einer gigantischen Kugel eingeschlossen. »Was soll's!« ruft er. »Das macht mir überhaupt nichts aus.« Es handelt sich jedoch um eine Spiegelkugel, und überall, wohin er auch blickt, sieht er nur sich selbst, entstellt und bis ins Unendliche vergrößert. Als die Kugel nach einiger Zeit von Neugierigen geöffnet wird, fällt er hysterisch lachend vor ihren Füßen zu Boden. Die Haare schneeweiß, die Lippen bedeckt mit Schaumblasen.

Wieder mußte ich spucken, es kam aber nur noch klarer Schleim. Helmis Eltern, vom Lärm aufgeschreckt, blieben verzweifelt auf dem Gang stehen. Mach weiter, sagte ich zu mir. Spuck solange, bis du nicht mehr denken kannst.

Fest zog ich an der Cordschnur des Spülkastens und langte mit der anderen Hand über die Kloschüssel hinweg nach dem Klopapier. Dabei rutschte mir der Ring vom naß gewordenen Finger und sprang gegen das Porzellan. Überrascht sah ich ihm nach und ließ die Schnur los. Unmittelbar darauf rauschte frisches Wasser durch die Schüssel.

Ich nahm das Rasiermesser, das in einem Plastikbecher auf der Ablage stand, und setzte es in einem Winkel von neunzig Grad an meinem Handgelenk an. Es war jedoch so stumpf wie ein vielbenutzter Bleistift. Außerdem mußte ich beim Anblick des Rasiermessers an meinem Handgelenk schon wieder würgen.

»Hysterisch«, folgerte Helmis Mutter. »Ich rufe ihre Eltern an. Diese Art Drama will ich nicht in meinem Haus.«

Ich hatte das Gefühl, als träte mir jemand leicht von hinten in die Kniekehlen, wie um mich zu ärgern. Ich setzte mich auf die Fliesen und sah mich mit großen Augen um.

Keine zwanzig Minuten später war alles vorbei. Helmi brachte mich auf seinem Mofa nach Hause. Helmis Vater hatte einen Streckverband um mein kaum verletztes Handgelenk gewickelt.

Mein Vater machte Kaffee. Helmi, der meinen Eltern nun endlich mal nüchtern und offen erzählen sollte, was los sei, saß neben mir auf der Couch. Sogar Nicolaj tauchte auf, trommelte auf seinen Knien und grinste wie ein Schimpanse. Meine Mutter, die ihren Seidenkimono trug, um den sie eine Krawatte meines Vaters gebunden hatte, damit er ja nicht aufgehen konnte, kratzte sich geistesabwesend am Bein. Ihre gefärbten Haare hingen ihr dunkel über die Schultern.

»Aber ja«, hatte sie gesagt, mit einer funkensprühenden Stimme. »Mach doch. Bring dich doch um. Komm, bringen wir uns doch alle um. Wenn es jemanden gibt, der jemals Grund genug dazu gehabt hat, dann bin ich das, und mich gibt es immer noch.«

Wir hörten zu und nickten, während meine Mutter immer weiter redete. Sie strahlte und glänzte wie eine Kristallampe.

»Noch 'ne Tasse Kaffee, mein Lieber?« fragte mein Vater Helmi.

»Gerne.«

Stolz blickte ich zur Seite. Helmi schien in der Zwischenzeit größer, länger und kräftiger geworden zu sein.

Die Vorhänge waren geöffnet, der Mond hing wie eine mit Silberpapier beklebte Pappkartonscheibe am Himmel und schaukelte sanft hin und her.

Eine halbe Stunde später, als wir uns, taumelnd vor Müdigkeit, voneinander lösten, stand Helmi auf. Ich fragte ihn, ob er mich nach oben bringen wolle.

Er half mir beim Ausziehen und schlug die Decke für mich zurück. Ich legte mich hin, und er deckte mich zu, genau so, wie ich es am liebsten habe. Fest an den Füßen und ein wenig lockerer und weiter am Oberkörper.

Noch bevor er das Zimmer verlassen hatte, mußte ich eingeschlafen sein.

Ich träumte von knochenmarkweißen Knöcheln.

Manchmal haben wir hier Wind. Einen starken Wind, der einem gegen die Trommelfelle donnert und an den Kleidern zerrt. Die Bäume schaukeln hin und her, die Ziegel fallen von den Dächern. Das Wasser schlägt hoch, bis über die Brücke. Es spült einem über die Schuhe.

In einem der Bücher meines Vaters ist eine Abbildung von einem Mann, der einer Frau unter Aufbietung aller Kräfte die Haare aus dem Kopf zieht. Sie krümmt sich wie ein Reifen, und beide stehen sie gekrümmt im Wind.

Wind ist ein prächtiges Phänomen. Es erneuert. Bewegt. Läßt nichts liegen.

Ich begegne jemandem, der mir bekannt vorkommt. Jedesmal stellt sich heraus, daß dieses Wiedererkennen darauf beruht: Etwas in dem Gesicht, eine bestimmte Haltung oder ein bestimmter Gang hat sich aus dem Wirrwarr der Fakten herausgelöst, die ich im Laufe der Jahre gespeichert habe. Die Nase meines Vaters beispielsweise: gebogen und römisch. Oder Helmis zusammengezogene Schultern. Oder Nicolajs dunkle Haare. Eddies langer Kopf oder Theos Mund. Immer wenn mein Blick darauf trifft, erfreut er sich am Wiedererkennen und heißt das, was er sieht, willkommen, freudig erregt wie ein Haustier.

Auch ich würde gerne wissen, wie es Lori, Feng, Huan, dem Typ mit dem Messer und dem älteren Mann, der mich mit dem Wagen mitgenommen hat, ergangen ist. Doch ich habe lediglich die Zimmer meiner Erinnerung, vor deren Türen Hunde liegen mit Augen wie Untertassen, mit Augen wie Suppenteller, mit Augen wie Diskusse, und ich muß solange warten, bis ein Geruch, eine Stimme oder eine Gestalt sie an etwas erinnert, das sie kennen, so daß sie beruhigt meine Hand lecken und mir Zutritt gewähren. Ich laufe herum, stopfe meine Taschen voll und schleiche wieder hinaus.

Inhalt